지금까지의 나
앞으로의 나

지금까지의 나
앞으로의 나

미래의 나에게 들려주는 삶의 충고

• 조용숙 편저 •

달과소

차례

CONTENTS

1
포지션

　20여 년 전, 트라우트와 알 리스가 《포지셔닝》이라는 책을 펴냈다. 마케팅에 관한 이 책은 포지셔닝이라는 개념으로 널리 알려지게 되었다.

　'포지셔닝은 한 제품으로부터 시작된다. 그 제품이 하나의 상품일 수도, 어떤 서비스나 조직일 수도, 한 사람일 수도 있다. 그리고 그 사람이 어쩌면 바로 당신일 수도 있다.'

　누구나 자신에게 맞는 포지션이 있다. 하지만 자신에게 딱 맞는 포지션을 찾는다는 것은 그리 쉬운 일이 아니다. 자신의 장점을 발굴하고 목표를 잘 세워야만 순조롭게 성공의 길로 들어설 수 있다. 포지셔닝을 잘못하면 실패를 맛보게 되거나 큰 뜻을 제대로 펼칠 수 없다.

　성공은 자신의 장단점을 잘 파악하여 자신을 객관적으로 포지셔닝하는 것에서부터 시작된다. 자신의 장점을 충분히 알지 못하고 일시적인 취미나 생각에서 시작된 포지셔닝은 맹목성을 동반하게 되고 정확성이 떨어진다. 괴테는 화가가 되겠다는 젊은 날의 잘못된 포지셔닝 때문에 10여 년의 세월을 낭비하였고, 그것은 훗날 그의 삶에 있어서 커다란 후회로 남게 되었다.

찰리 채플린이 영화계에 발을 들여놓았을 때였다. 감독은 그에게 당시 유명한 코미디 배우를 모방하게 하였지만 사람들의 주목을 받지는 못했다. 그가 자신만의 캐릭터를 만들어 내고 나서야 비로소 희극배우로 세상에 널리 알려지게 되었다. 미국 여배우 홀리 헌터는 자신이 작은 체형의 여배우로 낙인찍히는 것을 피하기 위해 한동안 헛된 일을 하기도 했다. 다행히 훗날 매니저의 제안으로 왜소한 체형을 살려 개성이 넘치는 연기자로 리포지셔닝함으로써 《피아노》 등의 영화에 출연하였고 칸영화제와 아카데미 시상식에서 여우주연상을 수상하는 눈부신 성과를 거두었다.

포지셔닝은 자신의 능력에 맞춰서 정해야지 너무 높거나 너무 낮게 정해서는 안 된다. 너무 높이 포지셔닝하면 힘에 부치게 되고 너무 낮게 정하면 큰 성공을 얻기 힘들다.

자신을 알라

다른 사람을 알기도 어렵지만 자신을 아는 것 또한 쉽지 않다. 자신의 진정한 장점이 무엇인가? 가장 내세울 만한 특기는 무엇인가? 때로는 그 답을 찾지 못할 때도 있다.

노자(老子)는 "자신을 정확히 아는 자가 현명한 사람이다"라는 말을, 소크라테스는 "너 자신을 알라"는 명언을 남겼다. 수천 년 전, 멀리 떨어져 있던 동서양의 철학자들이 남긴 명언이 이처럼 비슷하다는 것에 놀라지 않을 수 없다. 자신을 아는 것이 인간의 성장과 발전에 얼마나 중요한가를 알 수 있다.

누구에게나 자신의 미래를 선택할 기회가 있다. 그 선택이 옳은가 그른가 하는 것은 자신을 잘 아느냐 그렇지 않느냐에 달렸다. 자신을 잘 알려면 우선 자신의 장점을 찾아야 한다. 이는 정확한 판단과 선택을 하는데 아주 중요하다.

자신을 아는 것 중에서 가장 어려운 것은 자신의 단점을 정확히 파악하는 일이다. 대부분의 사람들은 자신의 생각이 옳다고 고집하며 자신을 부정하는 것을 꺼려하기 때문에 몸에 배어 있는 단점을 보지 못한다.

자기 자신을 잘 알아야 한다

매사에 맹목적인 사람은 자신을 모르는 사람이다. 뉴턴은 자신이 멀리 내다볼 수 있는 것은 거인의 어깨 위에 서 있기 때문이라고 했다. 이는 그의 겸손함을 말해줄 뿐만 아니라 그가 자신에 대해 잘 알고 있음을 말해준다. 올바로 자신을 평가할 줄 아는 사람이라면 절대 야랑자대(夜郎自大: 중국 한나라 때 서남쪽의 야랑국이 자신의 세력이 강하다고 자처하며 오만한 데서 유래한 말로 좁은 식견에 제 잘났다고 뽐내거나 분수를 모르고 잘난 체하는 것을 말한다.)하거나 지나치게 자신을 낮추지 않는다.

한 등산대원이 에베레스트를 올랐다. 7,800미터 높이에 이르자 체력이 달렸고 결국 등반을 포기하였다. 이 이야기를 들은 친구들은 이를 악물고 조금만 더 참았더라면 정상을 밟을 수 있었을 것이라며 아쉬워했다. 그러나 그는 이렇게 말했다.

"아니야, 난 알고 있어. 7,800미터의 고도가 내 생애의 최고점이란 걸."

자신을 잘 아는 것은 현명하고 아름다운 경지이다. 자신을 잘 알지 못하는 것, 이는 모든 현대인들에게 적용되는 결함이라고 해도 과언이 아니다. 사람들은 흔히 자신의 능력, 취미, 경력을 정확히 판단하지 못하고 현실적으로 불가능한 목표를 세우곤 한다. 그것은 자신을 위한 목표가 아니라 오로지 다른 사람들과 비교하기 위함이다. 때문에 온갖 고생과 시련을 겪고도 결국 성공하지 못한다.

인간은 모두 다르다. 어떤 사람은 총명하고 어떤 사람은 평범하며 어떤 사람은 건장하고 어떤 사람은 허약하다. 이처럼 사람들의 성격, 능력, 경력이 모두 다르기 때문에 자신만의 잠재력을 찾고 발휘하는 것이 성공을 위한 최고의 길이다.

그럼 어떻게 해야만 자기 자신을 정확하게 알 수 있을까? 옛말에 "방관자가 당사자보다 사물을 더 정확하게 판단한다"고 했다. 정말로 자신을 알고 싶다면 자아라는 틀에서 뛰쳐나와 방관자의 입장에서 자신을 분석하고 평가해야 한다. 노신(魯迅,《광인일기(狂人日記)》,《아큐정전(阿Q正傳)》 등을 쓴 중국의 문학가이자 사상가)은 이런 말을 하였다.

"나는 가끔 남을 해부한다. 그러나 평소 자신을 더 엄격히 해부한다. 그래야만 맑은 정신으로 나 자신을 알 수 있기 때문이다."

우리도 노신처럼 엄격히 자신을 해부할 줄 알아야 한다. 그래야만 자기 자신을 보다 정확하게 알 수 있다.

자신의 장점을 발견하는 것이 무엇보다 중요하다

'하늘이 나를 낳은 것은 반드시 그 재주를 쓸 때가 있어서이다 (天生我才必有用: 이백(李白)의 시 〈將進酒〉 중에서)'라고 했다. 아무리 평범한 사람이라 하더라도 반드시 남과 다른 재주를 가지고 있다는 뜻이다. 자신의 그런 장점을 발견하게 되면 보다 큰 자신감을 갖게 되고 장점을 발휘함으로써 인생의 목표를 실현할 수 있다.

얼굴은 못생겼지만 뛰어난 관찰력을 가진 맑은 눈을 가질 수 있으며, 작은 키에 늘씬하지 못하지만 총명한 머리와 민첩함을 소유할 수 있다. 말재주는 없지만 분석력이 뛰어날 수 있고, 수줍음 많지만 선량한 마음과 놀라운 손재간이 있을 수 있다.

사람들은 자신의 단점을 보면서 스스로를 부정하고 고민하며 자격지심에 빠지거나 자신감을 잃어버리곤 한다. 이런 사람들은 쉽게 자포자기하고 희망을 버리기 때문에 큰일을 해내기 어렵다. 반대로 끊임없이 자신의 장점을 찾아내고 그것을 발굴하고자 하는 사람도 있다. 마치 끊임없이 갈고 닦아서 눈부신 빛을 발하는 보석을 가공하는 보석세공사처럼 말이다.

성공을 이루고자 한다면 자신의 장점을 알고 그것을 믿어야 한다. 장점을 충분히 활용한다면 당신을 가로막는 그 어떤 어려움도 이겨낼 수 있으며 꿈을 이룰 수 있다.

브라이언은 젊었을 때 열차에 치어 두 다리를 잃었다. 일을 할 수 없게 된 그는 거지보다 더 어려운 생활을 할 수밖에 없었다. 두 다리가 없기 때문이었다. 그러나 브라이언은 자신의 장점이라고 생각했던 강한 성격과 풍부한 등산경험으로 다시 일어설 수 있었다. 그는 보조기를 한 채로 스위스에 있는 크고 작은 산들을 등반하며 유럽 각국에서 복지기금 모금활동을 전개하였다. 강한 의지력으로 알프스까지 등정한 그는 사람들의 주목과 존경을 받게 되었다. 브라이언과 같은 장애인이 그토록 당당하게 활동하면서 생명의 진가를 발휘할 수 있었던 것은 그가 자신의 장점을 잘 알고 있었기 때문이다. 그리고 스스로를 믿었기 때문이다.

자기가 아무리 하찮은 사람이라 여겨질지라도 자신감을 가지고 적극적인 자세로 임한다면 얼마든지 멋진 인생을 살아갈 수 있음을 명심하라. 자신의 장점에 대한 확신 그리고 그로 인한 자신감은 성공으로 나아갈 수 있는 가장 중요한 전제 조건이기 때문이다.

자신을 알고 자신의 장점을 발견하는 것은 성공을 위한 첫 번째 조건이다. 걸핏하면 동료나 친구들과 비교하면서 자신이 그들보다 못함을 한탄하거나 남보다 재주가 없어 큰일을 해내기 힘들다고 낙담하는 것은 부질없는 일이다.

모든 일은
당신이 그린 자화상 중의 하나이다.

주제를 파악하라

후우디(胡適)는 중국 근대의 유명한 문학가이다. 그는 대학생들에게 전공을 선택함에 있어서 두 가지를 당부했다. 그중 하나가 '나'이고 다른 하나가 '사회'이다. 사회에 필요한 것은 무엇인가? 국가에 필요한 것은 무엇인가? 이 기준으로 보면 사회에는 내가 필요한 곳이 반드시 있다. 노벨상 수상자에서 배관공에 이르기까지 사회는 그들 모두를 필요로 한다. 그러나 중요한 것은 사회적 기준이 아니라 어떻게 자신을 포지셔닝하는가에 있다. 그럼 어떻게 해야 자신을 정확하게 포지셔닝했다고 할 수 있을까? 이 문제의 답은 객관적으로 자기 자신을 평가하는 데서 찾아야 할 것이다.

후우디는 다음과 같이 비유했다.

"시적재능이 뛰어난 어떤 천재가 만약 문학을 배우려 하지 않고 기어코 의과대학에 들어가려 한다면 중국 시단은 일류 시인 한 명을 잃게 되고 의학계에는 삼류 의사가 한 명 늘어나게 될 것이다. 이는 사회적 손실이자 개인의 손실이기도 하다."

참으로 절묘한 비유이다. 자신을 객관적으로 평가하지 못하는 사람은 자신에게 어울리는 포지션을 찾지 못하고 자신의 뛰어난 재능을 허무하게 낭비한다.

자신을 객관적으로 평가하려면 자만심부터 버려야 한다. 자만심은 자신의 능력을 과대평가하게 하고 자신을 정확히 꿰뚫어 볼 수 있는 냉철함을 잃게 만든다. 자만심 강한 사람들은 항상 기고만장해서 자신을 높이 내세우고 남을 얕잡아보기 좋아하며 고집이 세고 자기 뜻대로만 하려고 한다. 자신의 재능을 과시하는데 급급하다 보면 언젠가 큰 손해를 보게 된다.

조 지라드는 미국의 한 빈민가에서 태어났다. 철이 들기 시작하면서 구두 닦기부터 신문배달, 그릇 닦기, 잡화배달, 전기난로 설치, 주택건설 등 별의별 일을 다 해봤다. 하지만 그때마다 번번이 직장에서 쫓겨나 35살까지 그의 인생은 완전히 실패덩어리였다. 친구들도 그에게 등을 돌렸고 남은 건 빚더미와 먹을거리를 찾는 처자식뿐이었다. 말을 심하게 더듬었던 그는 40여 개의 직업을 바꿔보았지만 번번이 실패로 끝났다. 가족의 생계를 위해 그는 자동차를 팔기 시작하였고 그렇게 세일즈맨의 길을 걷게 되었다.

"자신감만 있으면 잘 해낼 수 있을 거야."

이것은 그가 세일즈맨을 시작할 무렵 자신에게 반복했던 말이다. 꼭 성공할 것이라는 신념으로 그는 모든 열정을 다해 일에 몰두

하였다. 사람을 만날 때마다 자신의 명함을 건넸고 거리든 상점이든 기회만 되면 자신과 함께 제품을 소개하였다. 3년 뒤, 그는 세계에서 가장 유명한 세일즈맨이 되었다. 빚더미 속에서 초라하기만 했던 그가 3년 사이에 기네스북에 오를 정도로 '세계 최고의 세일즈맨'이 될 줄은 그 누구도 예상하지 못했다. 하루 평균 6대의 자동차를 판매한 기록은 지금도 기네스북에서 깨지지 않는 기록으로 남아 있다.

조 지라드는 여러 가지 일을 전전하면서 실패를 거듭하였다. 마지막으로 선택한 직업은 자신에게 가장 잘 어울리면서 가장 잘 해낼 수 있는 일임을 확인시켜 주었다.

사실 자신을 객관적으로 평가하기란 매우 힘든 일이다. 자신의 단점에 대해 평가하는 것은 더더욱 어렵다. 자신을 알지 못하고 자기반성도 하지 않는 사람은 허무하게 하루하루를 보내면서 영원히 인생의 진리를 깨닫지 못하고 삶의 의미도 찾지 못한다. 그리고 실패를 하더라도 어디가 잘못되었는지조차 모를 것이다. 자신의 결점을 발견할 줄 아는 것은 성공으로 향하는 가장 유력한 방법이다.

자신에게 맞는 포지션을 정하라

우리는 살아가면서 크고 작은 성공 혹은 실패를 맛보게 된다. 실패의 원인은 일반적으로 자신에게 알맞은 포지션을 정하지 못한 데 있다.

토끼와 거북이의 우화는 모두 알 것이다. 토끼가 사람들의 웃음거리와 비난의 대상이 된 것은 토끼가 경주에서 졌기 때문이 아니라 그러한 불공평한 경주를 택했기 때문이다. 토끼는 자신이 거북이보다 훨씬 빠르다는 것을 누구보다 잘 알고 있으면서 달리기 경주를 제안했다. 하지만 불행하게도 토끼는 자신에 대한 그러한 잘못된 포지셔닝으로 인해 세상 사람들의 웃음거리로 남게 되었다.

그렇다면 우리는 어떠한가? 세상의 수많은 실패 역시 포지셔닝의 정확성 여부에 달려있다. 현명한 자와 무지한 자는 그 출발점 자체가 다르다는 사실을 알고 있는가? 총명한 사람을 지능이 낮은 사람들의 무리 속에서 같이 생활하게 한다면 어떤 변화가 일어날까? 시간이 흐름에 따라 무지했던 자들은 조금씩 총명해지는 반면 총명했던 사람은 조금씩 무지해진다. 그리고 오랜 시간이 지나면 그들의 지능은 비슷한 수준으로 변한다고 한다. 총명했던 사람이 아둔해지는 슬픈 현실의 원인은 그가 지능이 낮은 그들과의 공동생활을 택했기 때문이다. 바둑을 잘 두는 고수들이 자기보다 실력이 낮은 상대를 꺼리는 이유도 여기에 있다.

자신이 나아가야 할 방향을 아직 정하지 못하고 자신에게 알맞은 포지션을 정하지 못했다면, 그것은 곧 슬픈 현실을 낳게 될 것이다. 포지셔닝은 자신의 천부적인 재능과 장점에 대한 발견을 필요로 한다. 그리고 지금 몸 담고 있는 분야에서 잘 해낼 수 있다는 자신감도 중요하다.

레오나르도 다빈치가 그림을 배울 때였다. 이미 유명한 화가였던 스승이 어느 날 몸이 불편하다는 이유로 반 정도 그리다 만 그림을 다빈치에게 주면서 완성할 것을 부탁했다. 아직 부족한 데가 많은 자신이 감히 스승의 그림에 손댈 수 있을까 걱정이 앞섰지만 스승의 격려로 결국 그림을 완성시켰다. 놀랍게도 다빈치의 화법은 스승과 분별하기 어려울 정도로 뛰어났다. 스승은 매우 만족해하면서 칭찬을 아끼지 않았고, 이를 계기로 다빈치는 유명한 화가로 거듭날 수 있었다. 다빈치가 그랬던 것처럼 사람들은 자신의 실력에 확신을 갖지 못하는 경우가 있다. 그 때문에 성공할 수 있는 많은 기회를 놓쳐버리기도 한다. 자신에 대한 확신, 어떤 일을 충분히 감당할 수 있다는 확신을 가져야 한다.

수많은 직장을 전전하면서 결국 아무 것도 이뤄내지 못한 어떤 박사가 이런 한탄을 했다. 자신이 만약 자식을 대하는 인내심으로 직장에서 일하고, 결혼을 고민하듯 직장을 신중히 선택했더라면 상황은 크게 달랐을 것이라고 말이다. 사실 세상에는 모든 것을 완벽하게 소화해낼 만큼 다재다능한 천재는 매우 드물다. 우리는 한두 가지 일을 성공하는 것만으로도 벅차며 그것이 인간의 한계이다. 때문에 치열한 경쟁 속에 사는 현대인들은 모든 정력을 자신이 가장 잘하고 또 원하는 한 가지 일에 집중시킬 필요가 있다. 그래야만 가장 큰 효율과 성과를 이룰 수 있다.

테스트 도구를 이용하면 자신의 최적 포지션을 찾는데 도움을 받기도 한다. 일부 기업들은 직원 채용 시 성격테스트를 하는데 직원들을 가장 적합한 위치에 배치하여 그들이 자신의 잠재력을 최대한 발휘할 수 있도록 하기 위함이다. 싫증을 잘 내는 사람이 보수적인 부서에서 일한다면 그는 회사의 골칫거리가 되겠지만 창의성을 요구하는 직업에 종사한다면 기발한 아이디어로 회사의 주목을 받게 될 수도 있다.

대만의 유명한 만화가 주우더융(朱德庸)은 25살 때부터 이미 대단한 인기를 끌었다. 그의 작품은 대만뿐만 아니라 해외에서도 인기가 대단했다. 어릴 때 그는 머리가 아둔한 문제아였다. 열 살이 되던 해, 그는 자신이 도형에 대한 느낌이 남다르다는 것을 발견하고 학교에서 종일 그림만 그렸고 집에 돌아와서도 그림에만 전념했다.

노트와 교과서의 공백 부분은 온통 그림으로 꽉 채워졌다. 학교에서 선생님께 야단맞은 날은 종일 선생님의 인물화만 그렸다고 한다. 주우더용은 자신에게 가장 적합한 포지션을 찾은 덕분에 오늘날 유명한 만화가가 되어 인생의 꽃을 피울 수 있었던 것이다.

자신에게 가장 알맞은 포지션을 찾아라. 기억할 것은 당신이 이미 산의 정상에 서 있다면 절대 산기슭에 있는 사람들과 경주하지 말고 더 높은 봉우리를 자신의 목표로 정해야 한다는 것이다. 잘못된 포지셔닝은 당신을 낭떠러지로 굴러 떨어지게 할 것이고, 정확한 포지셔닝은 보다 넓은 세계로 인도할 것이다.

2
선택과 포기

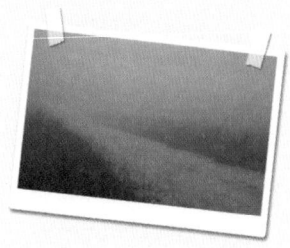

청나라 건륭제가 전시(殿試 황제 앞에서 보는 시험)에 참가한 응시생들에게 '연못가의 버드나무 사이로 안개가 자욱하구나(煙鎖池塘柳)'라는 글귀를 출제하여 댓구(對句)를 짓게 하였다. 한 응시자가 문제를 잠깐 생각하더니 답을 올릴 수 없노라고 아뢰었다. 건륭제는 다른 응시자들의 답을 듣기도 전에 답을 낼 수 없다고 한 그를 장원으로 뽑았다. 이는 어찌된 영문일까? 그것은 문제의 다섯 글자에 '금목수화토(金木水火土)' 오행(五行)이 모두 들어있어 그야말로 빈틈이 없는 글귀였고, 따라서 이에 대응하는 댓구를 더 이상 찾을 수 없었던 것이다. 답을 낼 수 없다고 한 응시자는 그 점을 미리 헤아렸던 것이다.

가능성 없는 일에 아까운 시간을 낭비하지 않고 과감히 포기하는 것은 참으로 현명한 선택이다. 선택은 자신의 능력에 따라 앞을 내다보는 지혜이고, 포기는 대세를 위해 과감하게 행동에 옮기는 용기이다.

배낭에 너무 많은 물건을 넣으면 무겁고 힘든 여정이 된다. 짐을 잔뜩 짊어진 사람이 낡은 것을 버리려 하지 않는다면 그는 영원히 새로운 것도 얻을 수 없다. 불필요한 짐은 버릴 줄 알아야 하며 그래야만 홀가분한 몸으로 남은 여정을 계속할 수 있다. 포기를 배워 번뇌와 곤혹에서 벗어날 때 삶의 생기를 되찾을 수 있다.

살면서 추구해야 할 것은 많다. 결과가 없는 것들, 포기해야 할 것들, 그리고 사소한 것들을 추구하는데 온갖 정력을 다 쏟아 붓고 정작 추구해야 할 것은 돌보지 않는다면 대바구니로 물을 긷는 격이 되고 말 것이다. 가질 수 없는 것, 가져서는 안 되는 것이라면 과감하게 포기해야 한다. 인생은 우리가 시간과 정력을 분산시키는 것을 허용치 않는다. 바쁘기만 하고 얻는 것이 없는 인생은 아무도 원하지 않을 것이다.

마음 졸이는 번뇌를 버리고 실패의 허전함을 잊어라. 고통스러운 기억은 깊이 묻어두고 과거는 오로지 과거로 남게 해라. 그것들을 밟고 강하게 다시 일어나 새로운 여정을 시작해라. 포기도 일종의 선택이며, 많은 경우 그것은 현명한 선택이기도 하다.

선택이란?

　3년 형을 선고받은 세 사람이 같은 감옥에 들어가게 되었다. 교도소장은 그들에게 각자 소원 한가지씩을 들어주겠다고 했다. 시거를 좋아하는 미국인은 시거 세 상자를 요구했다. 낭만적인 프랑스인은 아름다운 여자와 함께 지내기를 원했다. 그러나 유대인이 요구한 것은 외부와 연락할 수 있는 전화기였다.

　3년 뒤 미국 사람이 제일 먼저 뛰쳐나왔다. 입과 콧구멍에 시가를 가득 꽂은 미국인은 소리쳤다. "불 좀 붙여 줘, 불!" 그는 시가를 요구할 때 불을 붙이는 라이터를 생각하지 못했다. 이어 프랑스인이 나왔다. 그는 어린 아기를 품에 안고 나왔다. 아름다운 여자도 한 어린아이의 손을 잡고 나왔다. 그리고 그녀의 뱃속에는 또 하나의 아기가 자라고 있었다. 마지막으로 유대인이 나왔다. 유대인은 교도소장의 손을 꼭 잡으며 말했다. "덕분에 3년 동안 사업이 중단

되지 않고 200%나 성장했습니다. 감사의 뜻으로 당신에게 캐딜락 한 대를 선물하려고 합니다."

세 사람은 서로 다른 것을 선택하였다. 그리고 그 선택이 그들에게 서로 다른 결과와 생활을 안겨주었다. 유명한 철학자 아나카르시스는 이런 말을 했다.

"인생에는 여러 가지 맛이 있다. 어떤 맛을 볼 것인가는 모두 자신의 선택에 달려있다."

선택은 생활 속에 항상 존재한다. 옷을 고르고, 친구를 사귀고, 배우자를 정하고, 직장을 찾고, 기회를 기다리고, 환경을 고려하는 모든 상황에 선택이 필요하다. 사람들은 선택을 하는 동시에 또 다른 선택의 대상이 된다. 선택은 손해를 최소화하고 이익을 최대화하기 위함이며 선택의 과정은 고통과 쾌락이 동반되는 과정이다.

인생은 자신이 선택한 것이다

아나카르시스가 포도를 심고 있는 사람에게 포도나무 한 그루에 얼마나 많은 포도가 열리느냐고 물었다. 포도를 심고 있던 사람이 대답을 못하자 아나카르시스가 말했다.

"적어도 세 가지 종류의 열매가 열릴 것이오. 즐거움과 고통 그리고 어리석음."

그는 삶에는 3가지 형태가 있다고 생각했다. 어떤 이는 즐겁게, 어떤 이는 고통스럽게, 어떤 이는 흐리멍덩하게 인생을 보낸다. 그러나 어떠한 인생을 살든 그 모든 것은 개인의 선택에 의한 결과이다. 그렇다면 사람은 어떤 인생을 선택해야 하는가?

젊고 아름다운 여자가 신혼에 군인인 남편을 쫓아 사막의 군영으로 따라가게 되었다. 남편이 군사훈련 임무를 받았기 때문이다. 컨테이너 같은 집에 홀로 남겨진 그녀는 우울함과 외로움을 느꼈다.

그녀는 부모님에게 편지로 하소연하면서 그곳을 떠나고 싶다고 하였다. 아버지는 짤막한 몇 마디로 답장을 보냈다.

"네가 불평하고 상심을 하든, 웃고 즐거워하든 시간은 똑같이 하루하루 흐르게 되어 있단다. 넌 어떤 삶을 택하고 싶니?"

아버지의 편지를 읽고 난 그녀는 자신의 생각을 바꿔보기로 결심했다.

그 후 그녀는 완전 다른 사람으로 변했다. 매일 의기소침해 있던 그녀는 현지 사람들을 사귀고 그들과 함께 일하면서 그곳의 언어와 풍속을 배우기 시작했다. 그곳의 생활에 익숙해지면서 그녀는 차츰 현지인들과 즐겁게 어울릴 수 있게 되었고 그녀의 진심에 감동한 현지인들도 그녀를 받아들였다. 그녀가 현지의 도자기와 방직물을 좋아한다는 사실을 알고 사람들은 관광객들에게도 팔기 아까워했던 도자기와 방직물을 그녀에게 선물했다. 그녀는 선인장을 비롯한 사막에서 자라는 식물들을 연구하는 데 푹 빠졌고, 두더지의 생활 습성을 연구하고 사막의 해돋이와 석양을 관찰하고 바다달팽이를 쫓아 신나게 사막을 뛰어다니기도 하였다. 2년 뒤, 그녀는 이 모든 것을 글로 옮겨 《즐거운 사막》이라는 책을 출간하였다.

그랬다. 사막은 그대로였고 현지인들도 변함이 없었다. 다만 그녀의 기분이 바뀌었을 뿐이었다. 그녀의 즐거움은 그녀가 선택한 것이다.

한 철학자가 이런 말을 하였다

"나는 매일 아침 깨어나서 자신에게 이렇게 말한다. 나에게는 두 가지 선택이 있다. 그것은 좋은 기분과 나쁜 기분이다. 나는 언제나 좋은 기분을 선택할 것이다. 설령 나쁜 일이 생긴다 할지라도 그것을 태연하게 받아들일 것이다. 해가 서산으로 넘어가고 가을바람에 낙엽이 떨어지는 자연의 섭리를 받아들이는 것처럼."

당신이 알든 모르든 꽃은 어김없이 피어난다.
당신이 사랑하든 싫어하든 꽃은 열심히 피어나고 있다.

위의 시처럼 꽃은 언제나 피어나고 시간은 어김없이 흐른다. 즐겁게 하루하루를 지낼 것인가 고통스러운 나날들을 보낼 것인가는 당신의 선택에 달렸다.

운명은 스스로 결정하는 것이다

만족할 줄 아는 사람은 항상 즐거우며 욕심을 버리면 마음이 넓어진다.

"하늘은 왜 나한테만 이렇게 불공평할까?"

하늘을 원망하고 남을 탓하는 사람들이 있다. 그들은 자기 손에 있는 카드는 언제나 나쁘다고 생각하며, 모든 일이 순풍에 돛단 것처럼 보이는 사람들의 멋진 삶을 마냥 부러워한다. 하지만 성공한 사람들 중에 눈물겨운 과거가 없는 자가 과연 있을까? 성공스토리는 피와 땀으로 이루어지는 것이다. 물론 좋은 운을 타고 났다면 좋겠지만 세상일의 십중팔구는 자기 뜻대로 되지 않는 법이다. 서로 다른 유전자와 서로 다른 환경 그리고 서로 다른 경험이 서로 다른 인간을 만든다. 그렇다면 우리는 이 모든 것을 어떻게 받아들여야 할 것인가?

《장자(莊子)》에 이런 이야기가 있다. 하늘은 즈위(子輿)에게 많은 결함을 갖고 태어나게 하였다. 그는 곱사등인데다 어깨가 튀어나오고 목이 삐딱하였다. 한 친구가 그에게 물었다. "네 모습이 싫지 않니?" 그러자 즈위는 이렇게 대답했다. "아니, 내가 왜 날 싫어하겠어? 하늘이 나의 왼쪽 어깨를 닭으로 변하게 한다면 난 그걸로 아침을 알릴 것이고, 하늘이 나의 오른쪽 어깨를 활로 변하게 한다면 난 그걸로 비둘기를 잡아 구워 먹겠네. 만약 하늘이 나의 미저골(尾椎骨, 꽁무니뼈)을 차바퀴로 변하게 하고 머리를 말로 변하게 한다면 난 그걸 타고 온 세상을 달릴 걸세. 하늘이 나에게 준 모든 것이 쓸모 있는 것이니 내가 왜 싫어하겠는가? 원망 따위가 내 마음을 차지할 리 있겠는가?"

즈위는 이처럼 흔쾌히 자신의 결함을 받아들이고 그것을 사랑하며 순리에 따라 자신만의 잠재력을 발휘하고자 한 것이다. 그러나 현실엔 그렇지 못한 사람들이 많다. 조건이 즈위보다 훨씬 나은 사람도 남들의 '언어폭탄'을 견디지 못해 자포자기하고 자신을 괴롭히는 경우가 있다. 사실 그들 곁에는 행운의 여신이 매우 가까이에 있어 조금만 노력한다면 자신의 운명을 바꿀 수도 있다. 그러나 그 마지막 한 걸음을 내딛으려 하지 않는다.

가정에서든 사회에서든 언제나 순탄할 수만은 없다. 어긋난 일들, 재수 없는 일들, 기분 나쁜 일들이 생활이라는 화폭에 지저분하게 그려지는가 하면 인생의 악보에 틀린 부호로 등장하기도 한다. 당신이 슬퍼하든 기뻐하든, 마지못해 받아들이고 두고두고 가슴앓이를 하든, 또는 아주 무시해버리든 태도에 상관없이 그것들은 당신의 생활 속에 매 순간 존재한다.

긴장과 혹독한 환경 속에서 사는 현대인들은 스스로 즐거움을 찾을 줄 아는 마음가짐을 가져야 건강한 마음으로 생활할 수 있다. 그러기 위해서는 우선 내면의 그늘에서 벗어나야 한탄과 원망과 불만의 심연에서 벗어날 수 있다. 하늘의 불공평을 탓하고 팔자가 나쁘다고 한탄하며 머리를 흔들고 한숨을 내쉬는 동안 당신의 운은 다른 사람에게로 넘어간다. 그러니 누굴 탓하겠는가?

한 사람의 팔자가 좋고 나쁜 것은 하늘이 정해주는 것도 다른 사람이 조종하는 것도 아니다. 사람은 평생 운이 좋을 수 없듯이 평생 액운에 시달리지도 않는다.

열심히 살며 죽도록 노력했지만 결국 좌절하고 넘어졌다 하더라도 운명을 탓하지 마라. 그러한 현실을 인정하고 받아들여야 한다. 좌절과 실패의 원인을 찾아낸 후 현실을 뒤엎고 운명을 바꾸기 위해 다시 뛰어라. 그것이야말로 현명한 선택이다.

선택과 성공

인생에는 많은 교차로가 있다. 그 교차로에서 우리는 선택을 해야 하고, 선택을 잘 한다면 성공으로 나아갈 수 있다.

조용히 앉아서 지난날들을 돌이켜 보면 후회되는 잘못된 선택들이 있었음을 발견하게 될 것이다.

'인생의 비극은 선택에서 시작된다. 신중하지 않은 선택은 더 좋은 기회를 놓치게 만든다.'

첫 구절의 사실여부에 대한 논의는 잠시 접어두더라도, 다음 구절은 인생의 기회를 잘 잡기 위해서 참고할 만하다.

왕쥬인(汪君)은 중국 북부에 있는 한 명문대의 전산과 수재였다. 졸업할 즈음 어느 유명 기업체에서 그를 채용하고자 했다. 그 외 몇몇 외국기업에서도 그를 채용하겠다고 나섰다. 그러나 왕쥬인은 자신의 학력과 실력이면 더 좋은 기업이나 정부기관에도 충분히 입사할 수 있을 거라 생각하고 모두 거절했다. 치열한 경쟁 끝에 그는 중앙정부의 어느 기관에 취직하게 되었다. 그는 주로 데이터를 통계내고 정리하는 일들을 했다. 그러나 그것은 전공과는 별로 상관없는 일들이었다. 입사 초기의 열정은 시간이 흐름에 따라 식어갔고 좀 더 지나자 후회하기 시작했다. 점차 실수가 잦아졌고, 출장을 가서는 사적으로 관광을 하다가 직속상사의 질책을 받기도 하였다. 이렇게 몇 년 지나면서 학교에서 배운 전공지식은 활용할 기회도 갖지 못한 채 깡그리 잊어버렸다. 왕쥬인도 몇 번이나 직장을 바꿔보려 했지만 괜찮은 일자리를 찾기가 쉽지 않았다. 그렇게 또 몇 년이 지났지만 눈에 띌만한 실적도 없이 그냥 자리만 지키는 처지가 되었다. 그때서야 그는 '(바둑에서) 한 수를 신중히 두지 않아 패한다.(一着不愼, 滿盤皆輸)'는 뜻을 뼈저리게 느꼈다.

왕쥬인이 직장의 여러 조건들을 신중하게 고려하였다면 그의 운명은 아마 완전히 달라졌을 것이다. 그리고 지금쯤 그는 인생의 전성기에 들어섰을지도 모른다.

러시아의 심리학자 소르그나프는 자신의 재능을 발휘할 때 '하고 싶은 것'과 '할 수 있는 것' 그리고 '제일 잘 할 수 있는 것'을 혼동하지 말아야 한다고 지적했다. 이것은 사람들이 가장 쉽게 범하는 착오이기도 하다.

수재였던 왕쥬인이 선택한 직장은 처음부터 하고 싶었던 일이고 자신이 '할 수 있다'고 생각한 일이다. 데이터 통계와 정리는 전산과의 수재에게는 식은 죽 먹기였을 지도 모른다. 그러나 문제는 그가 선택한 직업이 '제일 잘할 수 있는 일'이 아니었다는 점이다. 이 것이 바로 비극의 근원이었다.

소르그나프는 다음과 같은 비유로 합리적인 선택이 얼마나 중요 한지를 설명하였다.

"사람은 자신이 하고 싶은 일이나 해야 할 일을 할 것이 아니라, 자신이 제일 잘할 수 있는 일을 해야 한다. 장군의 지휘봉을 가질 수 없으면 총을 가져라. 총이 없으면 삽을 들어라. 삽으로 뭔가 이 뤄낸다면 장군의 지휘봉을 들고 전패하는 것보다 천배는 낫다. 그 러니 삽을 든들 어떠하리?"

자우번산(趙本山)이 농부였던 시절, 동네 사람들은 그가 힘든 일 은 못하고 쉬운 일은 하려 하지 않는 입만 살아있는 사람이라고 평 가했다. 훗날 그는 예능의 길을 선택하여 말하는 재주 하나로 스타 가 되었다.

사람들에게 많은 감동을 주었던 불후의 명곡 〈동요(童謠)〉, 〈연가 (戀歌)〉의 작곡가 루어다유(羅大佑)는 원래 의학을 전공했지만 음악 에 소질이 있음을 깨달았다. 결국 그는 의학을 그만두고 음악을 선 택하였고 이미 증명되었듯이 그의 선택은 정확했다.

농구의 황제 마이클 조던은 유명해지기 전에 한동안 버밍햄 바론 스라는 2류 야구팀에서 선수로 있었다. 그러나 큰 성과가 없었던 그 는 야구를 그만두고 농구를 선택하여 세계적인 농구스타가 되었다.

셰익스피어가 20세쯤 되었을 때의 일이다. 스트래퍼드 진에서 멀지 않은 곳에 토머스 루시라는 귀족이 살고 있었는데, 어느 날 셰익스피어는 친구들과 함께 토머스 루시의 정원에서 사슴 한 마리를 쏴 죽였다. 현장에서 붙잡힌 셰익스피어는 그곳 집사의 방에서 하룻밤을 갇혀 지냈다. 그리고 다음날 풀려나면서 조롱하는 듯한 풍자시를 써서 정원의 대문에 붙여놓았다. 화가 난 토머스 루시는 그를 법원에 기소하겠다며 노발대발하였다. 어쩔 수 없이 셰익스피어는 고향을 떠나 런던으로 가게 되었다. 훗날 미국의 작가 워싱턴 어빙은 이렇게 말했다.

"스트래퍼드 진은 그때 양털 빗는 솜씨가 별로인 한 젊은이를 잃었지만 세계는 불후의 극작가를 얻었다."

정확한 선택을 했을 때 성공하게 된다. 자신이 가장 좋아하면서도 제일 잘하는 것을 선택하라.

선택과 포기

'포기'는 현명한 자의 선택이고 '선택'은 현명한 자의 포기에 대한 해석이다. 기회를 과감히 포기할 줄 아는 용기가 때로는 그것을 선택하는 것보다 더 중요할 수 있다.

어여웅장(魚與熊掌. '곰발바닥과 물고기'라는 뜻으로 두 가지를 겸할 수 없거나 두 가지 가운데 하나를 선택하기 어려운 경우를 비유하는 고사성어.《맹자(孟子)》)을 동시에 가질 수 없다면 하나를 버려야 한다.

낚시를 좋아하는 사람이라면 누구나 알겠지만, 큰 고기를 잡기 위해서는 맛있는 미끼를 사용해야 한다. 즉 얻고자 하는 것을 위해 반드시 다른 무엇인가를 희생해야 하는 것이다.

성숙한 사람은 때에 따라 버릴 것은 과감하게 버릴 줄 안다. 우리의 생활은 단순하게 얻고 버리는 것이 전부가 아니다. 때문에 잃어버린 것에 대해 너무 연연할 필요가 없다. 어쩌면 그로 인해 더 크고 소중한 것을 얻을지도 모르기 때문이다.

행복한 사람은 인생에서 가장 만족스럽고 좋았던 일들만 기억하려고 하지만 불행한 사람들은 그 반대다. 포기는 더 좋은 것을 선택하기 위함이고 버리는 것은 앞으로 한 걸음 더 나아가기 위함이다. 인생은 때로 우리에게 기호를 바꾸고 우정을 홀대하고 심지어 사랑을 저버릴 수밖에 없도록 강요한다. 모든 것을 다 가질 수는 없다. 인생은 그 자체가 하나의 버리는 과정이다. 매번 성공하려고만 한다면 실패자가 되고 말 것이며, 모든 기회를 잡고자 한다면 헛물만 켜게 될 것이다. 특히 오랫동안 추구해 온 목표가 실현되지 않을 때는 과감하게 포기하는 것도 하나의 현명한 선택이 될 수 있다.

포기하는 것을 배우고 인생의 무거운 짐들을 잠깐 내려놓음으로써 당신의 몸과 마음이 휴식을 취할 수 있도록 해야 한다. 포기하는 것을 배우면 당신은 가장 왕성한 정력으로 가장 원하던 일, 해야 할 일 그리고 즐기는 일을 할 수 있다. 포기하는 것을 배우면 당신은 원망과 후회의 울타리에서 벗어나 영혼의 자유와 미래에 대한 자신감을 얻게 될 것이다.

포기는 실패를 인정하는 것이 아니라 성공의 기회를 모색하는 것이다. 오늘의 포기는 내일 더 큰 것을 얻기 위한 것이다. 중요하지 않거나 불필요한 것들 그리고 버려야 할 모든 것들을 과감히 포기하라.

수많은 일들은 겪어보아야 알 수 있다. 예를 들면 우리의 감정이 그렇다. 아프고 나서야 자신을 보호하는 법을 알게 되며, 바보 같은 짓을 하고 나서야 포기의 미덕을 깨닫게 되며, 얻고 잃는 것을 통해 자신을 알아가게 된다. 붙들고 있어도 아무런 의미가 없다면 차라리 자신이 좋아했던 것들, 기대했던 것들을 과감하게 포기하고 새로운 선택을 하는 것이 낫다.

포기는 하나의 용기일 뿐 절대 자신에 대한 배신이 아니다. 이기심과 허영을 버리면 당신의 삶은 한결 맑고 넓어질 것이다. 한 가닥의 멀고 희미했던 감정을 포기함으로써 당신의 마음은 한결 안정되고 무거운 짐을 내려놓은 듯한 가뿐함을 느낄 것이다.

우리는 너무 많은 꿈과 희망을 가지고 있으며, 너무 많은 것들을 얻거나 받으려고 한다. 하지만 포기하는 것 또한 아름다운 미덕이라는 것을 절대 잊지 마라.

불가능하다고 말하는 사람은
행하는 사람을 방해해서는 안 된다.

마음의 여유

어떤 사람이 그릇을 담은 광주리를 등에 지고 길을 가던 중, 부주의로 넘어지는 바람에 그릇 하나가 떨어져 깨져버렸다. 그러나 그는 뒤도 돌아보지 않고 계속 갈 길을 갔다. 지나가던 사람이 그를 불러 세워 물었다.

"그릇이 떨어져 깨졌습니다."

"알고 있습니다."

"그런데 왜 돌아보지도 않고 가는 것이오?"

"이미 깨진 것을 돌아본들 무슨 소용이 있겠습니까?"

그렇게 대답한 그는 계속해서 가던 길을 갔다.

그릇은 이미 깨졌는데 뒤돌아본들 무슨 소용이 있겠는가? 지난일에 얽매이지 않는 여유로운 마음가짐은 우리 모두가 배워야 할 인생의 도리이다.

인생의 수많은 실패처럼 되돌릴 수 없는 일들은 아무리 후회해도 소용없다. 고통 속에서 괴로워하며 아까운 시간을 낭비하기보다는 새로운 목표를 찾아야 한다. 마음을 비우면 시야가 넓어지고 삶의 군더더기들은 과감하게 버릴 수 있다. 조금만 마음을 비우면 노래하는 꾀꼬리처럼 즐겁게 되고, 조금만 마음을 비우면 흐르는 냇물처럼 시원하며, 조금만 마음을 비우면 하늘의 흰구름처럼 포근하고, 조금만 마음을 비우면 피어나는 꽃송이처럼 그윽하게 된다.

원숭이 사냥에 관한 이야기이다.

사냥꾼들은 작은 구멍을 낸 나무함에 원숭이들이 즐겨먹는 땅콩을 넣어 원숭이들이 자주 출몰하는 곳에 놓아두는 방법으로 사냥을 했다. 땅콩을 발견한 원숭이가 함에 손을 넣어 땅콩을 움켜쥐면 주먹을 쥔 손은 나무함 구멍에서 빠져나오지 못하게 된다. 사냥꾼이 나타나면 원숭이는 도망치려고 버둥대지만 나무함에 밀어 넣은 손을 빼지 못하고 결국 잡히고 만다. 사실 원숭이가 움켜쥔 손을 펴기만 하면 그 함정에서 벗어날 수 있다. 그러나 무언가 잡기만 하면 꼭 쥐고 놓으려 하지 않는 습성이 있는 원숭이는 한 줌의 땅콩 때문에 평생의 자유를 잃고 만다.

얻기 위해 때로는 포기할 줄 알아야 한다는 말을 익히 들어왔지만 정작 행동으로 옮기지 못하는 경우가 많다. 포기란 마음가짐이다. 포기는 천근만근 되는 걱정을 훨훨 털어버리고 홀가분한 기분으로 전환시켜주는 묘약이다.

그러나 현실에서는 그렇게 못하는 경우가 너무도 많다. 이도저도 버릴 수 없어 우유부단하게 고민을 반복하다보면 스트레스와 걱정만 늘어나게 된다. 이런 심적인 부담은 자신의 건강은 물론 사업에도 지장을 준다. 모든 일이 귀찮아지고 활력이라곤 찾아볼 수 없게 되는데, 그것은 고민을 떨쳐버리지 못하고 괴로움에서 벗어나지 못하기 때문이다.

사람들이 쉽게 포기하지 못하는 것은 재물, 감정, 명예 등 몇 가지에 지나지 않는다. 마음의 여유를 갖고 담담하게 대처한다면 그러한 것들은 자연스럽게 털어버릴 수 있다.

한 선생님이 학생을 어느 신비한 창고로 데려갔다. 그 창고에는 기이한 빛을 뿌리는 보물들로 가득 차 있었다. 누가 그곳에 가져다 놓은 것인지는 모르지만 보물마다 또렷하게 "교만, 정직, 쾌락, 사랑…." 등의 글들이 새겨져 있었다.

아름답고 눈부신 보물을 처음 본 그 학생은 보는 것마다 탐이 나서 모두 주머니에 넣었다. 그러나 돌아오는 길에 보물을 가득 넣은 주머니가 점점 무겁게 느껴졌다. 숨이 차고 다리도 후들후들 떨려 한 걸음도 내디딜 수가 없었다.

선생님이 그에게 충고했다.

"얘야, 보물들을 좀 버리렴, 아직 갈 길이 멀지 않으냐."

학생은 못내 아쉬웠지만 어쩔 수 없이 주머니 속에서 보물 두 개를 골라 버렸다. 그러나 보물을 너무 많이 담은 탓인지 주머니는 여전히 무거웠다. 학생은 또 한 번 보물을 버리지 않으면 안 되었다. 이렇게 '고통', '교만', '번뇌' 등이 버려지고 주머니는 한결 가벼워졌지만 학생은 여전히 걷기 힘들었다.

선생님은 다시 타일렀다.

"다시 한 번 살펴보렴, 더 버릴 수 있는 게 없는지."

학생은 끝내 묵직한 '명예'와 '이익'을 버렸다. 주머니 속에는 '겸손', '정직', '사랑'밖에 남지 않았다. 그제야 학생은 말로 표현할 수 없는 가뿐함과 즐거움을 느꼈다.

그러나 집을 불과 100미터밖에 남겨 놓지 않고 그는 또 한 번 주저앉았다. 심한 피로가 몰려와 이번엔 한 발도 움직일 수가 없었다.

"얘야, 더 버릴 게 있는지 한 번 더 찾아보렴. 집까지 100미터밖에 남지 않았으니 우선 집에 가서 체력을 회복시키고 나중에 다시 와서 찾아가면 될 게 아니냐?"

고민하던 학생은 '사랑'을 꺼내어 아쉬운 듯 만지작거리다가 결국 길에 버렸다.

집에 도착했지만 그는 즐겁지 않았다. 길에 버리고 온 '사랑'이 맘에 걸렸던 것이다. 선생님은 그에게 이렇게 말해 주었다.

"사랑은 너에게 행복과 기쁨을 가져다 줄 수 있지만 가끔은 부담이 되기도 한단다. 체력이 회복되면 다시 찾아오도록 하렴."

이튿날 몸을 회복한 그는 다시 '사랑'을 찾을 수 있었다. 그 순간 그는 커다란 행복함을 느꼈다. 이때 선생님이 다가와 그의 머리를 쓰다듬어 주면서 말했다.

"축하한다, 끝내 포기하는 법을 알게 되었구나."

현실은 가끔 당신이 소유한 권력이나 기회를 포기하도록 위협하기도 한다. 그러나 포기가 곧 잃음을 의미하는 것은 아니다. 신선한

들꽃을 꺾고자 한다면 도시의 쾌적함을 포기해야 하고, 등산가가 되려면 하얗고 부드러운 피부를 포기해야 한다. 사막을 지나가려면 커피와 콜라를 포기해야 하고, 영원한 박수갈채를 원한다면 눈앞의 허영심을 버려야 한다. 이것은 안전한 항구를 포기하고 깊은 바다로 들어가야만 물고기를 얻을 수 있는 배와 같다.

오늘을 버리는 것은 내일을 얻기 위함이다. 큰일을 하는 사람은 작은 실패를 두려워하지 않는다. 무엇을 버려야 하고, 또 어떻게 버려야 하는지 알기 때문이다.

너무 많은 짐을 짊어진다면 제 아무리 무쇠골격을 가졌다 하더라도 언젠가 주저앉게 될 것이다. 포기를 배우는 순간부터 사람들은 조금씩 성숙하게 된다. 실연의 고통도, 굴욕이 남긴 복수도, 마음속의 무거운 짐도, 정력을 소모하는 분쟁도, 끝없는 변명도, 권력에 대한 추구도, 금전에 대한 탐욕도, 무의미한 쟁탈도…. 중요하지 않거나 도움이 되지 않는 모든 것들은 필요할 때 포기해야 한다.

가진 것을 포기하려면 넓은 마음과 아량이 필요하다. 얻었든 잃었든 그것이 기정사실이라면 과감히 미련을 버리고 자연의 순리에 맡겨라.

한 도자기 수집가가 있었다. 그는 주전자를 유난히 좋아해서 모양이 다양하고 신비한 찻주전자를 가득 수집하였다. 좋은 물건이 있으면 아무리 먼 곳이라도 직접 찾아갔고 마음에 들면 아무리 많은 돈을 주더라도 그것을 꼭 사들였다. 그는 자신이 모은 도자기 중에서 용머리 모양으로 된 주전자를 가장 아꼈다.

어느 날 오랜만에 절친한 친구가 찾아왔다. 반가운 마음에 그는 용머리 찻주전자로 차를 우려 친구를 접대하였다. 친구는 용머리 찻주전자로 우려낸 차 맛에 감탄을 금치 못했다. 그런데 호기심에 찻주전자를 들고 살펴보다가 그만 땅에 떨어뜨려 깨고 말았다. 방 안은 삽시에 물을 끼얹은 듯 조용해졌다.

　이때 도자기 수집가인 주인은 자리에서 일어나 묵묵히 깨어진 조각들을 주워서 옆에 있는 하인에게 건네주었다. 그리고는 아무 일도 없었던 것처럼 새 찻주전자를 꺼내 차를 끓이며 계속해서 친구와 이야기꽃을 피웠다. 후에 어떤 사람이 물었다.

　"제일 아끼던 찻주전자였는데 속상하지 않았습니까?"

　그러자 도자기 수집가는 이렇게 대답했다.

　"이미 깨어진 주전자인데 거기에 미련을 가진들 무슨 소용이 있겠습니까? 찾다보면 그보다 더 좋은 것이 나올 수도 있겠죠."

　포기는 일종의 경지이다. 또한 자연의 법칙에 순응하는 모든 사람이 거쳐야 할 통과의례이다. 포기할 줄 아는 자만이 홀가분하게 인생의 여정을 계속할 수 있으며 끊임없이 새것을 얻을 수 있다.

3
금전

　옛 말에 "사람은 돈 때문에 죽고, 새는 먹이 때문에 죽는다"고 했다. 목숨을 버리면서까지 재물을 얻으려는 사람들의 욕심을 잘 표현한 말이다.

　금전에 대한 사람들의 욕심은 끝이 없다. 그 욕심 때문에 자기 자신을 잃는 것도 모르고 오직 재물만이 자신의 모든 것이라고 착각한다. 모든 것을 잃어버리고 의지할 곳이 없게 되어서야 당황해하며 그동안 자신이 소유하고 있던 것들이 얼마나 소중했는지 깨닫는다. 지나친 욕심 때문에 원래 가지고 있던 재물마저 잃게 되는 경우를 적지 않게 볼 수 있다.

　금전에 대한 사람들의 맹목적인 추구는 사회가 지나치게 물질적인 것만 강조하면서 그 외에도 소중한 것들이 얼마든지 많다는 것을 잊기 때문이다.

금전이란?

　돈은 사람들에게 쾌락과 사회적 지위를 가져다주는 수단이다. 한 사람의 인품은 그가 돈을 사용하는 태도와 깊은 관련이 있다. 예를 들면, 통이 크다거나 성실하고 공평하고 희생정신이 있다거나 하는 것들이다. 물론 검소함의 미덕은 누구나 잘 알고 있다. 이와 반대로 욕심, 기만, 불공평, 이기적인 면도 있는데 돈을 목숨처럼 아끼는 이들에게서 많이 볼 수 있다. 어떤 이들은 허세와 사치를 위해 많은 돈을 낭비하거나 탕진하기도 한다.

　헨리 테일러는 《삶으로부터의 노트》에서 이렇게 말했다.

　"돈을 벌고, 저축하고, 소비하는 것에 정확한 원칙과 기준을 찾아낸다는 것은 한 사람이 완벽함을 입증하는 것과 같다."

금전의 가치를 잘 활용하라

오래전부터 금전은 많은 사람들이 추구하고자 하는 목표가 되어왔다. 그 때문에 조용하던 생활에 돌이 던져지고 큰 뜻을 품었던 자의 마음에 얼룩이 생기기도 했다. 금전의 유혹에 담담할 수 있는 마음가짐이 필요하다. 대부분의 부자들은 금전의 노예가 된 것이 아니라 그 가치를 유용하게 활용하여 부를 쌓는다.

미국의 석유 왕 록펠러는 50세가 되기 전에 이미 억만장자가 되었다. 그는 자신은 단지 돈을 관리하는 사람일 뿐이라며 재산을 모두 사회에 기부하겠다는 의사를 표하였다.

그러자 그의 금전적인 지원을 바라는 방문객들이 밤낮으로 찾아와 때로는 식사 시간까지 방해받았다. 그가 거액의 돈을 기부한지 한 달도 안 되는 사이에 무려 5만여 명이 그를 찾아왔다. 모든 돈은 유용하게 쓰여야 한다고 생각한 록펠러는 그들의 자금지원신청서들을 하나하나 면밀하게 검토하였다. 그는 가득 쌓인 신청서 때문에 매일 눈코 뜰 새 없이 바빴다. 그러자 그의 비서가 록펠러에게 다음과 같이 충고하였다.

"당신의 재산은 지금도 눈덩이처럼 불어나고 있습니다. 지금 그 눈덩이를 터뜨리지 않는다면 당신의 자손들까지 해를 입게 될 것입니다."

그러자 록펠러는 비서에게 이렇게 말했다.

"나도 알고 있네. 지금 나의 지원을 바라는 사람이 너무 많다는 것도 말이야. 그래도 난 그들의 사용 용도를 일일이 확인해야만 지원할 수 있네. 나 혼자서는 이 일들을 처리하기 힘드니 당장 사무실을 하나 차려 서류검토를 시작하세. 난 자네가 올린 보고서에 따라 결정할 것이네."

그리하여 1901년 '록펠러 의약연구소'가 세워졌고 1903년에는 '교육보급회', 1913년에는 '록펠러 재단', 1918년에는 '록펠러부인 기념재단'이 설립되었다.

철학자 스위프트는 이렇게 말 한 적 있다.

"금전은 곧 자유다. 그러나 과다한 재산은 오히려 속박이다."

록펠러도 이를 잘 알고 있었다. 그가 일생 동안 자선사업으로 쓴 돈은 무려 5억 5천만 달러나 된다. 그것은 허위가 아닌 진심에서 우러난 것이며, 교만이 아닌 겸손에서 시작된 것이었다.

록펠러는 금전의 노예가 되지 않고 거액의 재산을 자선사업에 쓰면서 명예와 이익에 사로잡히지 않았다. 그는 스키를 좋아했고 자전거와 골프를 즐겼다. 90세가 되었을 때도 눈귀가 밝고 건강하였으며 즐겁게 하루하루를 보냈다. 1937년, 98세를 일기로 세상을 떠날 때 그에게는 단 1주의 주식밖에 남지 않았다. 그것은 그의 보물 제1호였다.

즐겁고 자유롭게 살려면 금전의 속박에서 벗어나야 한다. 무거운 짐을 버리는 것, 이것은 현명한 사람들의 삶의 태도이다.

돈을 버는 것은 인생을 즐기기 위함이다

생활의 리듬이 빨라지고 해결해야 할 문제들도 갈수록 늘어나고 있다. 우리에게는 그러한 문제들을 해결할 지혜가 필요하다. 그러나 대부분의 사람들은 재물을 모으는 데만 급급할 뿐 생활의 본질이나 인생의 진정한 의미에 대해서는 깊이 생각하지 않는다.

가끔은 긴장으로 팽팽해진 생활에서 잠시 벗어나 삶의 문제들을 생각해볼 필요가 있다. 나는 왜 이 세상에 태어났는가? 어떤 사명감을 가지고 태어났는가? 인생의 목적은 무엇인가? 이는 인간의 가장 기본적인 질문들이다. 어쩌면 영원히 그 답을 못 찾을 수도 있겠지만 가끔씩은 꼭 생각해봐야 한다.

돈을 버는 것은 보다 행복한 삶을 위해서다. 그런데 버는 돈이 많을수록 사람들은 더 바쁜 일상을 보내며 조용히 휴가를 즐길 시간마저 내지 못한다.

미국의 사업가 요한 뱁슨이 이스라엘로 출장을 갔을 때의 일이다. 그의 전용기가 이스라엘에 도착하던 날은 마침 토요일이었다. 미국의 토요일 교통체증을 생각했던 그는 이스라엘의 한적한 거리를 보고 매우 의아해하였다.

"여기는 수도인데 차량이 왜 이렇게 적은 것입니까?"

그의 물음에 안내를 맡은 현지인이 대답했다.

"이곳은 매주 금요일 저녁부터 토요일 저녁까지 금연, 금주, 금욕의 시간으로 되어 있습니다. 모든 잡념을 버리고 몸과 마음을 다해 신에게 기도드리며 휴식을 취하는 것이지요. 그래서 거리의 차량도 평소보다 절반 이상 줄어듭니다. 토요일 저녁부터 마음껏 즐길 수 있는 진정한 주말이지요."

"당신들은 휴식과 생활을 즐기는 방법을 참 잘 아는군요!"

뱁슨이 부러운 듯 말하자 현지인은 계속하여 말을 이었다.

"그것은 우리들이 건강한 몸이 있어야 인생의 즐거움을 맘껏 즐길 수 있다는 것을 잘 알기 때문입니다. 건강은 모든 사람에게 가장 중요한 것이니 잘 먹고 잘 자고 잘 놀아야 합니다. 2,000여 년 전에 나라를 잃은 이후 오랜 세월동안 세계 각지를 유랑하면서 갖은 인종차별과 박해를 받았지만 이렇게 살아남은 것도 아마 건강관리를 잘 했기 때문일 것입니다."

돈을 버는 것은 더 좋은 휴식을 얻기 위함이다. 그러므로 우리는 일을 한 후에 충분히 휴식해야 한다. 흔히 사람들은 바쁘게 사는 것과 열심히 사는 것을 동일시하는데, 엄밀히 따지자면 바쁘게 사는 것은 찬양할 바가 못 된다. 돈을 버는 것은 즐거운 생활을 누리기 위함이기 때문이다.

휴가에는 여러 가지가 있다. 성공한 사람들은 휴가를 생활의 일부로 생각한다. 그들은 휴가 중에 사업 관련 이야기를 일절 꺼내지 않으며 사업과 관련되는 것은 듣지도 생각하지도 않는다. 오로지 몸의 긴장을 풀고 자신을 즐겁게 하는 데만 열중한다. 물론 그들도 돈을 버는 일을 중요하게 생각한다. 그러나 사람이 쉬지 않고 돈만 벌기 위해 일한다면 인간의 본성을 잃게 된다. 모든 일의 속박에서 자신을 해방시키는 것이 바로 진정한 휴가이다. 반대로 직장에서 해결하지 못한 일을 집에까지 가져간다면 그 사람은 불행한 사람이다. 그는 가족들과 즐겁게 보낼 시간과 자신의 휴식시간을 희생하고 있는 것이다.

금전의 속박

한 철학자가 이런 말을 했다.

"돈은 가치의 지표이다. 그러나 그것은 정당한 방법으로 얻었을 때만 실질적인 가치가 있다."

갈수록 부유해지는 사회에서 돈을 버는 것과 쓰는 것은 익숙한 일이 되었다. 그러나 돈에 끌려 다니지 않기 위해서는 금전의 속박에서 벗어나는 방법을 알아야 한다.

정당하게 벌고 현명하게 써라. 돈을 싫어하는 사람은 거의 없다. 그러나 돈을 모을 때는 항상 법을 지키며 사회가 허락하는 범위에서 정당한 방법으로 얻어야 한다.

일찍이 공자(孔子)는 이렇게 말했다.

"군자는 재물을 좋아하되 그 획득에 있어서 도리에 어긋나지 않고, 그 사용에 있어서 절도가 있다."

욕심이 지나친 사람은 아무리 돈이 많아도 영원히 모자라다고 생각한다. 돈의 가장 큰 가치는 베푸는 것과 창조에 있다. 이를 전제로 할 때만이 돈은 사람들에게 진정한 행복을 가져다준다.

돈을 버는 목적이 행복한 삶을 위함이라는 것을 잊지 마라. 돈만 쫓아다니느라 자신의 생활을 소홀히 하거나 삶의 의미를 잃는다면 그것은 복(福)이 아니라 화(禍)가 된다.

충동구매나 과시소비는 사람들에게 불쾌감을 주는 등 나쁜 영향만 주게 된다. 횡재나 부당한 이익은 그 금액이 아무리 많더라도 지혜롭게 운용하지 못한다면 결국은 잃는 것이 더 많다. 욕심을 버려라. 그러면 마음의 평온을 얻고 삶의 즐거움을 맛볼 수 있다.

검소한 사람은 무작정 돈만 쫓아다니지 않고 성실하게 돈을 벌어 합리적으로 사용한다. 검소는 용기가 필요한 일도, 탁월한 미덕이 필요한 일도 아니다. 다만 자신의 능력 안에서의 용기와 지혜가 필요할 뿐이다.

검소는 앞날의 이익을 위한 담보이다. 눈앞의 유혹을 물리칠 수 있는 능력은 인간이 동물적 본능을 초월한 존재임을 증명해 준다. 검소하다는 것은 인색하다는 것과 다르다. 검소한 사람의 씀씀이가 오히려 더 대범할 때가 많다. 그들은 금전에 무릎을 꿇거나 우상으로 받드는 것이 아니라 단지 그것을 유용한 수단으로 여긴다.

우리는 금전에 대한 개념이 있어야 한다. 머릿속에 온통 금전 생각뿐이어도 안 된다. 검소란 자신의 적당한 성격, 가정의 적당한 행복, 사회의 적당한 안정과 같은 '적당함'이라 할 수 있다.

클린턴 전 대통령의 딸이 매일 학교에서 점심 식비로 쓰는 돈은 2달러밖에 되지 않았다. 이는 미국 일반가정 학생의 수준과 똑같다. 그러나 우리나라의 가정에서는 얼마 되지도 않는 월급으로 생활하면서도 자녀들을 공주나 왕자처럼 모시며 값비싼 브랜드 옷이나 고급 문구들로 무장시킨다. 그렇지만 정작 아이들은 그러한 것들을 당연한 것으로 생각할 뿐 특별한 즐거움을 느끼지 못한다.

대만의 한 재벌은 외국에서 자란 아들을 대만에 데려와 일반 중학교에 보냈다. 그의 아들은 다른 아이들처럼 매일 학교에서 밥을 사먹었다. 어느 날, 친구가 절반 넘게 남긴 밥을 모두 버리는 것을 본 재벌의 아들은 그에게 먹을 만큼만 사서 낭비하지 말라고 말해주었다. 이튿날 둘은 또 나란히 앉아 밥을 먹게 되었는데, 그 친구는 여전히 많은 양의 밥을 사서 다 먹지 못하고 남겼다. 그가 남은 밥을 버리려 할 때 굉장한 일이 일어났다. 재벌의 아들이 그 많은 사람들 앞에서 친구가 버리려는 밥을 냉큼 집어 먹어치웠던 것이다.

우리 주변에서도 이와 유사한 예를 적지 않게 찾아볼 수 있다. 이상하게도 풍족한 재물을 갖고 있는 부자들이 오히려 더 검소하게 생활하는 것을 쉽게 발견할 수 있다. 당신이 검소한 성품을 갖추었다면 물질만능주의에 휩쓸리지도 않을 것이고 금전에 대한 과욕도 버릴 수 있을 것이다.

돈이란
훌륭한 하인이기도 하지만
나쁜 주인이기도 하다.

금전에 대한 욕심

금전에 대한 욕심이 지나치게 많은 사람은 이미 얻은 것에 만족할 줄 모르고 언제나 그보다 더 많은 것을 얻으려고 안간힘을 쓴다. 그들은 재물과 사치를 즐기는 자들이다. 그러나 그들의 이러한 욕망은 자신의 본성을 잃게 만들고 이미 소유하고 있는 것도 잃게 만든다.

얻고자 하는 것을 위해 노력하라
한 사람이 난로 앞에 서서 이렇게 말했다.

"난로야, 나에게 열을 좀 주렴. 그러면 너에게 연료를 더해주마."

연료가 없는 난로가 어떻게 열을 낼 수 있단 말인가? 노력한 만큼 얻어지는 것, 그것이 바로 삶의 법칙이다. 파종 없는 수확이 없듯이 뭔가를 얻기 위해서는 반드시 대가가 필요하다. 그렇지 않으면 빈손으로 돌아갈 수밖에 없다. 더 많은 것을 원한다면 당연히 더 많은 노력이 필요하다.

많은 경우 직원들은 사장님에게 "월급을 올려 주십시오. 그러면 더 열심히 책임감 있게 일하겠습니다."라고 말한다. 그리고 영업사원들은 "저를 마케팅 담당으로 승진시켜 주십시오. 그러면 저의 진정한 능력을 보여드리겠습니다. 지금까지 저는 능력을 다 발휘하지 못했습니다. 저를 임명해주신다면 진정한 마케팅이 무엇인지 확실히 보여드리겠습니다."라고 말하기도 한다.

이는 모두 부질없는 일이다. 설령 그들의 말이 진심이라 하더라도 그것은 농부가 "하느님, 올해 저에게 풍년을 내려주신다면 내년에 더 열심히 농사지을 것을 맹세합니다."라고 기도하는 것과 같다. 즉 "저에게 먼저 보수를 주십시오. 그러면 제가 생산하겠습니다."라는 것과 다름없다. 하지만 아쉽게도 삶의 규칙은 그렇지가 않다. 무엇인가를 얻기 위해서는 먼저 그에 알맞은 대가를 치러야 하는 것이 우리가 살아가는 이 세상의 섭리이다.

4
친구

옛말에 "집에서는 부모님에 의지하고, 밖에서는 친구한테 의지한다"는 말이 있다. 친구 없이 살아간다는 것은 상상할 수가 없다. 성공한 사람들은 대부분 친구를 소중히 여기며 그들과의 관계를 잘 처리한다. 친구는 평생의 재산과도 같아 사업의 성공을 도와주기도 한다. 친구를 사귐에 있어서 가장 중요한 것은 진심이다.

물론 진정한 우정을 얻기 위해서는 먼저 상대가 과연 친구로 사귈만한 사람인지를 판단해야 한다. 또한 고난을 같이 한 친구(患難之交)는 더욱 소중히 여겨야 한다. 친구를 잘 사귀는 것도 하나의 학문이다. 친구 앞에서 너무 잘난 체 한다든가 자신을 과시한다든가 하찮은 일로 시시콜콜 따진다든가 하는 것은 모두 금물이다.

진심으로 대하라

　"군자의 마음은 거리낌 없지만, 소인의 마음은 항상 근심에 차 있다"는 공자의 말처럼 친구는 항상 진심으로 대해야 한다. '천금을 얻기는 쉬우나, 지기를 얻기는 어렵다'고 했다. 그만큼 진정한 친구를 사귀는 것이 쉽지 않음을 강조하는 말이다. 하지만 뿌린 만큼 거두는 것이니 진심으로 친구를 대한다면 언젠가 진심을 얻게 될 것이다.

　한(漢)나라에 순거백(荀巨伯)이라는 사람이 살고 있었다. 어느 날 그는 친구의 병이 위독하다는 급보를 받고 천리 길도 마다하지 않고 친구를 찾아 떠났다. 천신만고 끝에 친구가 사는 곳에 도착하였는데, 그곳은 호인(胡人)들에게 포위되어 있었다. 하지만 그는 위험을 무릅쓰고 성으로 들어가 병석에 있는 친구를 만났다.

"이런 상황에도 날 보러 와 주다니 정말 고맙네. 그런데 지금 호인들에게 포위되어 성이 함락될 날이 멀지 않았네. 나야 곧 죽을 몸이니 놈들이 쳐들어오건 말건 상관없지만 자넨 여기 남아있으면 안 되네. 아직 시간이 있으니 어서 서둘러 떠나게!"

그러자 순거백은 이렇게 대답했다.

"자네 그게 무슨 말인가? 친구와 어려움을 같이 겪는 건 당연한 일이지 않은가? 지금 재난이 닥쳤다고 해서 날더러 자넬 버리고 혼자만 살길을 찾아 도망가란 말인가? 내 어찌 그토록 의리 없는 짓을 할 수 있겠는가."

호인들은 성을 함락하고 성내의 골목골목을 하나씩 훑었다. 집집마다 난장판이었고 사람은 그림자조차 찾아볼 수 없었다. 그런데 한 집만은 깔끔하게 정리된 그대로였다. 들어가 보니 한 남자가 조용히 앉아 있었다. 바로 순거백이었다. 호인들은 그에게 호통을 쳤다.

"우리 대군이 들어와 모두 달아났는데 넌 뭣 하는 놈이기에 이렇게 태연히 앉아 있느냐?"

그러자 그는 이렇게 대답했다.

"난 이 성의 사람이 아니오. 이곳에 사는 친구의 병문안을 왔을 뿐이오. 친구의 병이 위독한데 내 어찌 그대들이 쳐들어온다 해서 이 친구를 버리고 가겠소. 죽이려면 죽이시오. 병들어 고생하고 있는 친구는 살 날도 며칠 남지 않았다오."

그의 말에 호인들은 놀라서 입이 딱 벌어졌다. 그때 우두머리가 "이토록 도의를 받드는 나라에 들어와 행패를 부리다니 부끄럽구나, 가자!"라고 말하고는 물러갔다고 한다. 이렇게 성은 위기에서 벗어나게 되었다.

고양이와 쥐에 관한 동화는 이와 반대의 도리를 말해준다.

옥황상제가 동물들에게 인간 세상의 띠를 만들기 위해 하늘에서 대회를 열 것임을 통보했다. 그때만 해도 고양이와 쥐는 한 집에서 살면서 형제처럼 지냈다. 통보를 받은 그들은 같이 대회에 참가하기로 약속하였다. 고양이는 잠이 많아 대회 바로 전날 쥐한테 특별히 부탁했다.

"내일 갈 때 내가 늦잠을 자고 있으면 좀 깨워줘."

"걱정 마. 꼭 깨워 줄 테니."

고양이는 마음 놓고 잠을 잤고, 이튿날 아침 쥐는 아주 일찍 일어났다. 하지만 고양이를 깨우지 않고 혼자 조용히 하늘로 올라가 대회에 참가했다.

쥐는 대회에서 1등을 하였다.

대회가 끝나자 신난 쥐는 흥얼흥얼 콧노래를 부르면서 집으로 돌아왔다. 그제야 잠에서 깨어난 고양이는 이상하다는 듯 쥐에게 물었다.

"어찌 된 일이야? 오늘 띠 대회 여는 날 아니었어?"

"형은 무슨 잠꼬대 같은 소리야. 대회는 이미 끝났어. 열두 동물이 띠가 되었는데 내가 1등을 했지 뭐야."

쥐의 말에 고양이는 깜짝 놀라 물었다.

"그런데 왜 날 깨우지 않았어?"

"깜빡 했어."

그 말에 화가 난 고양이는 "늦잠을 자면 깨워주기로 약속했잖아! 왜 약속을 안 지켰어!"라며 고래고래 소리를 질렀다.

"내가 왜 꼭 깨워줘야 해? 난 형의 하인도 아닌데."

쥐는 조금도 지려 하지 않고 꼬박꼬박 말대꾸했다.

화가 치민 고양이는 참지 못하고 '야옹' 하더니 쥐의 목덜미를 덥석 물어버렸다. 쥐는 찍찍거리며 버둥대다가 죽어버렸다. 이렇게 하여 고양이와 쥐는 원수가 되었다.

친구를 대함에 있어서는 진심이 필요하다. 쥐처럼 자신의 이익을 위해서 우정을 잊으면 안 된다. 친구가 자신을 진심으로 대해주길 바란다면 아무런 대가도 바라지 않고 다른 사람에게 베풀 수 있는 마음가짐을 가져라.

저울질 하지 말라

이해득실을 전제로 친구를 사귀는 경우가 있는데 이러한 우정이 두터울 리 없다. 일단 이해득실이 발생하면 우정에 금이 가는 것은 시간문제이다. 친구사이를 이해득실로 저울질 하는 것은 절대 금물이다.

한 사람이 즐겁게 장난치며 노는 두 마리의 강아지를 보면서 "이 세상에 너희들보다 사이좋은 친구는 없을 것이다"라고 말하자 한 철학자가 "그들의 우정이 과연 그러한가는 고기 한 덩어리로 금방 확인할 수 있다"고 말했다.

두 강아지가 고깃덩이를 발견하기 전까지는 사이좋은 친구이지만 고깃덩이를 발견하는 순간 그들은 곧바로 경쟁자로 변해 적이 될 것이다. 이처럼 시련을 이겨내지 못하는 우정은 진정한 우정이라 할 수 없다. 진정한 우정이라면 이익관계가 발생해도 등을 돌리지 않는다.

　이해득실을 전제로 맺어진 우정은 언젠가 금이 가기 마련이다. 그것은 마치 경제적인 이익을 위해 맺어진 기업체들 간의 관계와 흡사하다. 사업이 잘 될 때는 옆에 붙어서 덕을 보려고 아부하다가도 일단 하락세를 보이면 언제 그랬냐는 듯이 상대를 멀리하고 또 다른 목표를 찾아 떠난다. 이 같은 경우는 정치계나 경제계뿐만 아니라 우리의 생활 속에서도 쉽게 찾아볼 수 있다. 그리고 또 어떤 사람들은 오로지 남을 이용하려고만 할뿐 자신은 절대 베풀려 하지 않는다. 때문에 친구를 사귈 때는 신중해야 한다. 더욱이 이해관계에 의해 맺어진 친구일수록 더 신중히 대해야 하며 상대를 대함에 있어서 어느 정도 마음의 여지를 남겨두어야 한다.

　옛날에 사자, 승냥이, 여우는 절친한 친구 사이였다. 그들은 늘 셋이 협동하여 양떼를 습격하였다. 양의 우두머리는 그러한 그들을 하나씩 고립시키는 방법으로 대처하기로 하고 그들을 헐뜯고 이간질하는 등 별의별 방법을 다 사용해봤지만 모두 헛수고였다. 사자, 승냥이, 여우는 서로에 대한 믿음이 있었기에 양들이 퍼뜨린 소문 따위를 믿지 않았던 것이다.

　양의 우두머리가 죽고 젊은 양이 그 자리를 물려받게 되었다. 이 젊은 우두머리는 취임에 앞서 놀라운 계획을 발표하였다. 즉 사자, 승냥이, 여우 중 하나를 그들의 두령으로 요청하자는 것이었다.

　모든 양들이 그의 의견에 반대하였지만 젊은 양은 끝까지 자기의 주장을 굽히지 않았다. 이 소식이 사자, 승냥이, 여우한테 전해지자 그들은 기뻐서 어쩔 줄 몰랐다. 양떼의 우두머리가 된다면 양들을 마음대로 독차지할 수 있었기 때문이다.

그런데 누구를 두령으로 뽑을 것인가? 이 문제를 두고 사자는 이렇게 생각했다.

"우리 셋 중에 내가 제일 힘이 세고 공도 크니까 두령은 당연히 내 몫이지."

승냥이도 생각하였다.

"우리 셋 중에 내가 가장 용맹하고 양도 제일 잘 물어 죽이니 내 공로가 제일 커. 그 자리는 당연히 내 것이야."

여우도 혼자 생각하였다.

"우리 셋 중에 나는 제갈량이나 다름없지. 많은 아이디어를 생각해냈으니 공로가 제일 큰 내가 양의 두령이 되는 것이 마땅해."

이렇게 되어 그들은 옥신각신하기 시작하였고 누구도 지려 하지 않자 갈등은 점점 더 격화되었다. 제일 먼저 사자가 살의를 품고 승냥이와 여우를 무력으로 해결하기로 마음먹었다. 사자는 승냥이가 방심하고 있는 틈을 타서 그의 목을 물어버렸다.

사자가 여우한테 손을 쓸 준비를 하고 있을 때 여우도 그의 속내를 알아차리고 준비를 하였다.

여우는 사냥꾼들이 만든 함정을 이용하기로 하였다. 나뭇가지로 살짝 덮어놓은 함정이었다. 여우는 그 위에 누워 자는 척 하였다. 여우는 몸이 가벼워서 함정으로 빠질 위험이 없었다. 기회라고 생각한 사자는 온 몸에 힘을 주어 여우를 덮쳤다. 기다리고 있던 여우가 재빨리 몸을 날려 피해버리자 사자만 함정에 풍덩 빠지게 되었다. 남은 것은 여우뿐이었다. 그러나 그는 이미 양들에게 큰 위협이 되지 않았다.

사자, 승냥이, 여우는 공동의 이익 때문에 하나로 뭉쳤지만 또 다른 이익의 유혹 앞에서 각자 등을 돌렸다. 이처럼 이익관계를 바탕으로 만들어진 우정은 겉보기에는 탄탄한 것 같지만 일단 각자의 이익에 위험이 될 경우 친하게 지냈던 친구도 무서운 적으로 변하고 쌓아온 우정도 한순간에 날아갈 수 있다.

세상의 수많은 인간관계는 이익을 전제로 시작되는 경우가 많다. 특히 이해관계로 맺어진 친구사이는 조심해야 한다. 최대의 이익을 위해 좋은 친구가 될 수도 무서운 적이 될 수도 있으며 적으로 변한 과거의 친구가 당신에게 큰 상처를 줄 수도 있다. 금전적인 이익을 얻기 위해 친구를 택하는 일은 삼가라. 돈과 재물로 우정을 저울질 하는 사람은 '젖만 물려주면 어미'인줄 아는 졸렬한 소인배이다. 마음으로 친구의 진심을 느끼고 이익에 눈이 어두운 친구에게 속지 말라. '이해관계로 맺어진 친구는 믿을 바가 못 된다'는 사실을 꼭 명심하라.

자기과시를 피하라

진정한 친구를 얻고 싶다면 자신에 대한 지나친 자랑과 과시를 삼가야 한다. 내가 친구보다 우월하다는 것을 표현하면 친구는 열등감을 느끼게 되고 나를 부러워하거나 질투하게 될 것이다. 그러한 질투는 두 사람의 우정에 금이 가게 할 수 있다.

업무능력이 뛰어난 로즈 리는 유명한 글로벌 회사로 스카우트되었다. 입사 후, 그녀는 거의 매일 동료들에게 자신의 자랑을 늘어놓았다. 하지만 회사 내에 친구가 생기지 않았다. 이 일로 고민하던 그녀는 심리의사를 찾아갔다. 그녀의 말을 듣고 난 의사는 앞으로는 동료들에게 자신의 얘기는 적게 하고 동료들의 얘기를 많이 들을 것을 권고했다.

얼마 후, 로즈 리는 동료들도 남에게 자기자랑을 하기 좋아한다는 것을 알게 되었다. 그 후부터 그녀는 동료들과 이야기를 나눌 때

될수록 말을 줄이고 그냥 듣기만 하였다. 그러자 그녀에게도 회사 내의 친구들이 하나둘 늘어나기 시작했다.

독일 속담이 있다. "가장 순수한 즐거움은 다른 사람의 고민을 들어주는 데서 시작된다." 그렇다. 겸손한 사람이 환영받는다.

너무 허풍 치는 것 외에 또 주의해야 할 점은 사람이 많은 공중장소에서는 가급적 남의 잘못을 지적하지 말아야 한다는 것이다. 멸시하는 눈빛, 불만이 섞인 말투, 귀찮은 표정과 손짓 하나가 껄끄러운 결과를 불러올 수 있다. 이는 상대방의 자존심에 타격을 주며 마음에 상처를 남긴다. 그러한 질책은 상대로 하여금 자신의 그릇된 생각이나 잘못을 인정하게끔 할 수 없을 뿐만 아니라 오히려 강한 반발을 살 뿐이다.

어떠한 상황에서도 "두고 봐. 언젠가 누가 옳고 그른지 알게 될테니까"와 같은 식의 말은 삼가야 한다. 이것은 "내가 너보다 더 똑똑하다는 걸 증명해 보일테다"라는 것과 같다. 이러한 도전적인 뉘앙스로 인해 당신이 상대방의 잘못을 증명하기도 전에 상대방은 이미 전쟁을 맞이할 준비가 되어 있을지도 모른다.

이러한 문제와 관련해서 영국의 정치가인 체스터필드 경은 아들에게 다음과 같은 말을 남겼다.

"다른 사람보다 총명해지려면 상대방으로 하여금 네가 더 총명하다는 것을 모르게 하라."

자기자랑은 언제 어디서든 삼가야 한다. 그렇지 않으면 많은 사람들이 당신 곁을 떠나게 된다. 당신이 진정으로 남들보다 더 총명하다 하더라도 굳이 그것을 세상 모든 사람들에게 알릴 필요는 없다. 보석은 언젠가 빛을 내기 마련이며, 시간은 언젠가 그러한 당신의 총명함을 증명해 준다. 자신의 '빛'을 적당히 발산할 줄 알아야 더 많은 사람들의 사랑을 받게 된다. 그렇지 않고 도를 넘긴다면 자기 자신마저 태워버릴 수 있다.

조지 버나드 쇼는 어렸을 때부터 남달리 총명하고 유머감각도 뛰어났다. 그러나 청년이 되면서 점차 교만하고 공격적인 성격으로 변해갔으며, 그에게 언어공세를 당한 사람들은 온몸이 찢기는 듯한 괴로움을 느끼곤 했다.

한번은 그의 친구가 이렇게 귀띔해 주었다.

"자네의 유머 넘치는 말은 참으로 재미있네. 하지만 친구들은 자네가 없으면 더 즐거워한다네. 아마 자네가 있으면 감히 누구도 입을 열 수 없기 때문일 걸세. 자네가 남들보다 뛰어난 건 사실이지만 그 때문에 친구들이 멀리한다면 자네에게 무슨 이득이 있겠는가?"

버나드 쇼는 정신이 번쩍 들었다. 교만한 태도를 고치지 않다가는 친구뿐만 아니라 사회로부터도 버림받을 수 있다는 것을 깨달았다. 그 뒤, 버나드 쇼는 다시는 남에게 상처 주는 말을 하지 않고 자신의 재능을 문학창작에 사용했고, 이러한 변화가 훗날 그를 세계 문단의 거장으로 거듭나도록 했던 것이다.

자신이 우월하다는 것을 강조할 필요는 없다. 그것은 상대의 자존심에 상처를 주어 친구를 잃게 하거나, 혹은 사람들의 괜한 질투와 증오를 받게 되어 화를 불러올 수 있다. 교만함을 버리고 친구를 사귄다면 더 많은 친구를 얻게 될 것이다.

진정한 친구가 있다는 것은
나를 완전히 믿어주는 영혼이
내 곁에 있다는 의미이다

시시콜콜 따지지 마라

사람을 사귐에 있어서 상대의 잘못을 포용하고 예를 갖춰 대한다면 상대도 자신을 더 높여 대할 것이다. 이와 반대로 교만은 실패를 초래할 수 있고, 탐욕은 재난을 불러올 수 있다. 친구를 사귐에 있어서도 이러한 처세술이 필요하다. 친구 사이에는 넓은 마음으로 서로 용서를 할 줄 알아야 하며 작은 일로 서로에게 상처를 주는 일은 없도록 해야 한다.

엥겔스는 아내가 세상을 떠나자 비통한 마음을 편지로 적어 칼 마르크스에게 전했다. 이틀 뒤 마르크스의 답장을 받았는데, 그는 편지 첫머리에 '마리아의 소식은 너무 뜻밖이어서 나도 많이 놀랐네'라고 간단히 적고는 나머지는 자신이 지금 어떤 곤경에 빠져 있는지만 가득 적었다. 위로의 말은 더 이상 없었다.

"너무 하는군! 20년 넘게 사귄 친군데 어찌 이렇게 매정할 수 있단 말인가!"

엥겔스는 생각하면 생각할수록 화가 났다. 며칠 후, 괘씸한 마음에 그는 마르크스에게 '마음대로 하게!'라고 써서 편지를 보냈다.

이렇게 20년 우정에 금이 가기 시작했다. 엥겔스의 편지를 받은 마르크스는 마음이 몹시 무거웠다. 그는 자신이 잘못했다는 것을 깨달았지만 지금 당장 그 이유를 설명할 수 없다는 것을 알고 있었다. 열흘 뒤, 엥겔스의 마음이 진정될 무렵 그는 잘못했다는 사과와 함께 그때의 상황과 지금 자신의 마음을 편지에 담아 보냈다.

마르크스의 이러한 솔직함과 진심은 금이 갔던 우정을 회복시켜 주었다. 마르크스의 사과편지를 받은 엥겔스도 가벼운 마음으로 답장을 했다.

"자네의 이번 편지는 지난 번 편지가 남긴 내 마음 속의 흔적을 모두 지워버렸네. 지금 나의 가장 큰 기쁨은 마리아를 잃었지만 가장 좋은 친구를 잃지 않았다는 것이라네."

마르크스의 사과는 엥겔스의 용서를 받았고 엥겔스의 양보로 둘은 옛날의 절친한 사이로 돌아갈 수 있었다. 만약 그들이 넓은 마음으로 서로를 용서하지 않았더라면 계속 친구로 남을 수 없었을 것이고, 그들의 명작《자본론》은 세상에 출간되지 못했을 것이다.

아랍의 전설 중에 이러한 이야기가 있다. 두 친구가 사막을 여행하던 중 싸우게 되었다. 한 친구가 다른 친구의 뺨을 때렸다. 뺨을 맞은 그 친구는 억울하다는 생각이 들었지만 아무 말도 하지 않았다. 그는 모래 위에 '나의 친한 친구가 오늘 나의 뺨을 때렸다.'라고 쓰고 묵묵히 계속 가던 길을 갔다. 도중에 강을 건너다가 뺨을 맞은 친구가 물에 빠져 목숨을 잃을 위기에 처하자 친구가 그를 구해주었다. 위기에서 벗어난 그는 이번엔 작은 칼로 돌 위에 이렇게 새겼다. '나의 제일 좋은 친구가 오늘 내 목숨을 구해주었다.'

옆에서 지켜보던 친구가 물었다.

"내가 사막에서 자넬 때렸을 때는 모래 위에 글을 쓰더니 지금은 왜 돌 위에 새기는가?"

친구는 웃으면서 이렇게 대답했다.

"우연히 친구한테 상처받은 일을 모래 위에 써 놓으면 바람이 그것을 지워줄 것이지만, 도움을 받은 일은 돌에 새겨둬야 어떠한 바람에도 지워지지 않을 게 아닌가. 우연히 준 상처는 무심한 것이었지만 친구를 도와주는 것은 진심이기 때문이라네."

이처럼 무심코 남긴 상처는 잊고 진심으로 도와주었던 일들을 가슴 깊이 새겨둔다면 이 세상에는 진정한 친구가 아주 많다는 사실을 발견하게 될 것이다.

아무리 좋은 친구라 해도 이런저런 충돌이 생기기 마련이고 그러한 충돌 때문에 사람들은 친구와 헤어지기도 한다. 그러나 모두가 잠든 고요한 밤에 별들이 반짝이는 하늘을 바라보노라면 친구와의 즐거운 추억들이 떠오르는 경우가 있다. 여러 사연으로 친구는 떠나고 남은 건 기억 속의 조각들뿐이지만 그러한 추억이 적막한 마음에 감동을 주기도 한다. 친구로 함께 지낼 수 있는 것은 그야말로 큰 인연인 만큼 지금 사귀고 있는 친구들을 소중히 여겨라.

5
전념

전념은 땅속 깊이 뿌리내린 나무처럼 그 어떤 바람이 불어도 굳건히 한 자리를 지키는 것을 말한다. 그 어떤 유혹 앞에서도 마치 닻을 내린 선박처럼 동요되고 설레는 마음을 꼭 잡아주는 것이다. 전념은 모든 것을 잊고 오로지 하나에만 집중하는 무아의 탐색이자 끊임없는 탐구이다. 전념은 온 몸과 마음을 다해 열정을 아낌없이 불태우고 추구하는 것이다.

현대사회는 우리가 전통사회의 낡은 틀과 속박에서 벗어날 수 있게 하였고 동시에 사람들의 시야를 넓혀주었으며 더욱 많은 기회를 마련해 주었다. 때문에 사람들의 수요는 더욱 많아졌고 그 수요를 만족시키기 위한 수단과 방법도 더욱 늘어났다. 이렇게 복잡해진 사회에서 사람들은 어떤 한 가지에 전념을 할 수 없다는 공허감과 그 어디에도 의지할 수 없다는 고독감을 느끼게 된다. 이 때문에 전념은 사람들이 갈구하는 정신적 욕구가 되었다.

전념하라

여류작가 빙시인(氷心)은 이런 말을 한 적이 있다.

"사람들은 눈앞에 피어있는 꽃의 아름다움을 부러워하고 찬양하지만 그것이 작은 씨앗으로부터 꽃망울을 맺기까지 얼마나 피나는 노력을 해왔는지는 모른다."

그렇다. 성공적으로 피어난 꽃들은 절대 온실 속의 화초가 아니다. 그 밑에는 모두 깊고 튼튼한 뿌리가 굳건히 자리 잡고 있다. 아무리 척박한 땅일지라도 깊이 파고드는 뿌리의 이러한 정신이 바로 전념이다. 이러한 정신이 없었다면 꽃의 아름다움은 물 위에 뜬 부평초마냥 며칠 지나지 않아 자취를 감추고 말았을 것이다. 뿌리가 토양으로부터 영양분을 섭취하는데 전념하지 않는다면 꽃은 그 아름다운 자태를 자랑하며 피어날 수 없다. 열심히 노력하는 사람들에게 있어서 전념은 가장 근본적인 특징이다. 우리가 천재라고 생각하는 사람들은 모두 전념의 대가였다.

기성(棋聖)으로 불리는 네웨이핑(聶衛平, 바둑기사)을 모르는 사람은 거의 없다. 네웨이핑의 전적에 사람들은 감탄과 부러움이 먼저 앞서겠지만 '기성(棋聖)' 또는 '불패의 장군'으로 불리며 돌풍을 일으키기 전에 그는 패배의 장군이었다.

네웨이핑의 아버지와 외할아버지는 모두 바둑애호가였다. 시간만 있으면 두 사람은 바둑판을 놓고 전쟁을 벌였다. 어린 나이의 네웨이핑과 그의 동생 네지부어(聶繼波)는 이 반들거리는 바둑알에 흥미를 갖게 되어 가끔 심판으로 바둑을 두기도 하였다.

동생은 총명하고 민첩했지만 형인 네웨이핑은 생각이 깊고 느려서 항상 동생보다 한 수 뒤졌다. 동생의 실력이 형보다 나은 셈이었다. 번번이 동생에게 지면서도 네웨이핑은 포기하지 않고 매일 동생을 졸라 바둑을 두었다. 총명한 동생이 '함정'을 만들어 놓으면 어수룩한 형은 어김없이 그 속임수에 넘어갔다. 하루에도 수십 판을 두었시만 한 번도 동생을 이기지 못하고 비참한 실패만 거듭했다. 하지만 네웨이핑는 뜻을 굽히지 않고 다음 판에는 이기겠다는 희망으로 동생과의 바둑을 계속하였다.

한번은 동생과 아침부터 점심때까지 바둑을 두었다. 십여 차례나 지고 난 그는 밥도 먹지 않고 바둑판만 뚫어지게 보고 있었다. 어머니가 말려도 듣지 않고 누나가 말려도 소용없었다. 그는 자신이 왜 졌는지를 알아내려고 했다. 그의 마음을 누구보다도 잘 아는 아버지가 다가와 이렇게 타일렀다.

"애야, 체력이 좋아야 집중할 수 있고 바둑도 잘 둘 수 있단다. 오전에는 졌으니 점심을 먹고 나서 이기면 될 거 아니냐? 동생은 벌써 밥을 먹고 힘이 가득할 텐데 네 배 속에선 천둥소리가 나고 있으니 이래서야 어떻게 이길 수 있겠니? 어서 가서 밥 먹고 오거라. 배가 든든해야 이길 수 있지."

그제야 네웨이핑은 밥상으로 향했다. 밥을 먹고 다시 돌아와 계속해서 동생과 오후 전쟁을 벌였지만 여전히 지기만 하였다. 저녁때가 되자 동생은 또 밥을 먹으러 가버렸다. 끈질긴 그는 또 바둑판 앞에 붙어 바둑알들을 만지작거리며 패배의 원인을 찾기 시작하였다. 그러다 그는 갑자기 정신을 잃고 쓰러졌다. 그가 정신을 차렸을 때는 이미 침대로 옮겨져 있었고, 가족들이 걱정스런 표정으로 지켜보고 있었다. 그때 그가 침대에서 일어나려고 애쓰면서 했던 말은 "아직 왜 졌는지 이유를 찾아내지 못했는데…."였다.

네웨이핑의 이 같은 집념은 실패의 그늘에서 벗어나 기적 같은 일을 거두게 만들었다.

자서전《바둑은 나의 길》에서 그는 이렇게 말했다.

"나는 질 때마다 다음 열 판은 꼭 이기리라 다짐하였다. 지금뿐만 아니라 바둑실력이 좋지 않았던 옛날에도 그랬다. 오송생(吳松笙)과 바둑을 둘 때는 3점 접바둑에서도 졌다. 그때마다 나는 다음 판에 꼭 이기리라고 벼르곤 했다."

이처럼 실패 앞에서 포기하지 않고 끝까지 하나에 전념하는 정신이 그를 천하무적의 기사로 성장시켰던 것이다. 어떤 사람들은 네웨이핑이 어린 나이에 유명한 바둑 기사가 될 수 있었던 것은 그의 천부적인 재능 덕분이라고 말한다. 바둑에 대한 남다른 재능이 없고서는 그처럼 어린 나이에 성공할 리가 없다는 것이다. 우리가 그의 타고난 재능을 부인할 수는 없다. 하지만 만약 그가 거듭되는 실패에 실망하고 끝까지 버티지 않았다면 성공은 한순간에 불과하였을 것이다.

북송의 문학가 소식(蘇軾)은 이런 말을 했다.
"예로부터 큰 뜻을 이룬 자들 중에는 타고난 재주를 가진 자보다 확고한 신념과 굳은 의지로 노력한 자가 더 많다."

왕수퉁은 마이크로소프트의 아주 평범한 사원으로부터 6년 만에 사장으로 승진하였고, 훗날 시스코시스템즈로 옮겨 마케팅부 사장으로 활약하였으며, 그 1년 뒤에는 죠요닷컴(卓越 · www.joyo.com)의 CEO가 되었다. 세계적인 IT업계에서 10여 년의 경력을 쌓아온 그녀는 자신의 풍부한 경험으로 중국의 IT 시장 개척에 나섰던 것이다.

"꿈은 크게 갖되 한 걸음씩 착실하게 가야 한다. 오늘의 성공은 고집스런 전념에서 비롯된 것이다. 그동안 나는 열심히 배우면서 문제점들을 찾아 끊임없이 업그레이드해 왔다. 그리고 내가 맡은 일에 최선을 다했다. 한 발자국 내디딜 때마다 신중했고 그것이 내 인생에 도움이 될 수 있도록 노력했다."

그녀는 난관에 부딪히면 더욱 분발하고 문제의 원인을 분석하는 적극적인 성격과 사고방식의 소유자로서 그 어떤 어려움에도 절대 희망의 끈을 놓지 않았다. 이는 초등학교 때 장거리달리기 훈련을 받은 것과 깊은 관련이 있다고 한다. 당시 그녀는 중장거리를 선택하였는데, 종점이 아득하게 느껴져 영원히 닿지 못할 것 같았다고 한다. 그의 지도를 맡았던 선생님은 "아무리 힘들어도 넌 꼭 결승점까지 가야 한다. 뛰지 못하면 기어서라도 가야 한다"라고 늘 말했다. 어린 가슴에 깊은 낙인처럼 새겨진 이 말은 훗날 그녀가 직장에서 열심히 뛸 수 있도록 격려하고 용기를 북돋워 주었다.

왕수퉁은 오로지 자신이 맡은 업무에 전념했을 뿐 불만을 토로하지 않았다. 그녀는 세상의 불공평이란 전적으로 자신의 주관적인 생각에서 비롯된 것이라고 믿었다. 복잡하고 변화가 빠른 네트워크 시대에 너무나 많은 유혹들이 존재한다. 그 때문에 사람들은 자신의 직장상사나 회사의 대우에 불만을 느끼고 기분에 따라 직장을 이리저리 바꾸기도 한다. 참을성 있게 한자리에서 일하지 못하는 사람들을 그녀는 이렇게 평가했다.

"그들이 조금만 더 제자리를 굳게 지켰더라면 결과는 완전히 달라졌을 것이다."

왕수퉁의 말대로 성공은 바로 하나에 전념하는 과정에서 이루어지는 것이다. 인생에서 실패나 좌절은 아무 것도 아니다. 중요한 것은 희망을 버리지 않고 끈질긴 의지로 용감하게 나아가는 것이다.

집념을 가져라

집념은 부지런한 노력이고 강인한 정신적 기반이다. 누구나 살면서 추구하고 싶은 것이 하나쯤은 있다. 그러한 소원을 이루기 위해서는 한번쯤 죽을 힘을 다해 앞으로 달리려는 각오를 해야 한다. 어쩌면 그 소원이 이루어지지 않을 수도 있겠지만, 그 무엇인가에 집념하고 그것을 이루기 위해 최선을 다한다는 것 자체가 하나의 보람이며 행복이다.

영국의 유명한 세일즈맨 피터의 이야기이다.

피터는 신문사의 광고판촉 세일즈맨이었다. 그는 다른 직원들과는 완전히 다른 방법으로 고객을 확보했다. 남들은 광고를 쉽게 따낼 수 있는 곳을 찾아다녔지만 피터는 고객명단 중 모두가 어렵다고 손사래 치는 회사들을 타깃으로 삼았다. 그리고 그 고객을 방문

하기 전에 신문사 근처에 있는 공원에 가서 "이 달 안으로 당신은 나에게 광고 지면을 사게 될 것이다"라고 100번씩 외쳤다.

물론 세상 일이 말처럼 만만하고 쉬운 것은 아니다. 피터가 입이 닳도록 설득해도 딱 잡아 거절하는 사장이 있었다. 그날부터 피터는 매일 아침 그를 찾아갔는데, 사장이 "NO"라고 대답하면 곧바로 돌아서 나왔다. 이렇게 30일이 지나고 그 달의 마지막 날이 되었다. 피터에게 30일 동안 "NO"만 반복했던 그 사장이 끝내 입을 열었다.

"내가 안 된다는데 한 달이나 시간을 낭비하면서 도대체 왜 이러는지 정말 알고 싶소."

피터가 대답하였다.

"천만에요. 전 시간을 낭비하지 않았습니다. 한 달 동안 나는 학교에 다니고 있는 것이며 사장님은 바로 나의 선생님입니다. 사장님은 나의 끈질긴 집념을 훈련시키고 있었던 것이고요."

피터의 말을 듣고 난 사장은 머리를 끄떡이더니 이렇게 말했다.

"음, 그렇군. 솔직히 말하자면 나도 한 달 동안 수업을 들었다네. 나에게 마지막까지 수업을 듣게 한 선생은 바로 자네이고. 나한테는 이 수업이 돈보다 더 가치가 있는 것이었지. 수업료로 당신에게 광고를 부탁하겠네."

피터는 이렇게 성공하였다. 끈질긴 노력은 사람이 성공하는 데 가장 기본적이고 믿음직한 담보이다. 이런 끈질긴 정신력이 없다면 인간은 곤경 앞에서 쉽게 무너지며 성공의 기쁨도 맛볼 수 없다.

시시포스는 신들을 기만한 죄로 커다란 바위를 산꼭대기로 밀어 올리는 벌을 받았다. 그가 바위를 정상 근처까지 밀어 올리면 바위는 다시 아래로 굴러 떨어졌다. 시시포스는 그 바위를 다시 산꼭대기로 밀어 올리는 고역을 되풀이해야 했다. 신들은 이렇게 끊임없이 반복되는 고역이 시시포스의 죄에 알맞은 형벌이라고 생각했다. 그러나 시시포스는 이 고난을 받아들이고 자신의 목표를 향해 한발 한발 내디딤으로써 가장 충실한 인생을 만들어 냈다. 그리고 이 신화는 끊임없는 집념의 상징으로 남았다.

자신이 좋아하는 일에 열정을 다하고 성공을 추구하는 것은 우리 인생의 진정한 가치이며 의미이다. 결과가 예상과는 다를 수도 있겠지만, 중요한 것은 굳은 신념으로 끊임없이 노력하는 과정이다. 그 과정이 바로 삶의 의미이기 때문이다.

사람들이 성공하지 못하는 이유는
성공의 길이 험난하기 때문이 아니라
처음부터 끝까지 한 가지 일에
집중하지 않았기 때문이다.

끊임없이 투자하라

　어떤 위인은 "한 사람이 일생 동안 잘 해낼 수 있는 일은 한 가지 뿐이다"라고 말했다. 하지만 누구나 이 한 가지를 잘 해낼 수 있는 것은 아니다. 이것은 재능과 환경, 기회 등으로 결정되기도 하지만 가장 중요한 것은 얻고자 하는 것을 얻기 위해 끊임없이 투자하는 가의 여부에 달려있다.

　전념의 삶은 조용하고 평범하다. 마치 묵묵히 농사짓는 농부나 공장의 노동자처럼 아주 평범하기 그지없다. 그리고 사람들에게 잘 알려지지 않은 교외의 초목이나 계곡의 냇물처럼 사람들의 평가 따위를 의식하지 않는다. 또한 자신의 목표를 위해 모든 시간과 정력을 아낌없이 투자한다.

　다음은 량스치유(梁實秋)의 이야기이다.

그는 30여 년에 걸쳐 《셰익스피어 전집》을 번역해 냈다. 즉 인생의 반을 번역하는 데 투자한 셈이다. 처음 번역을 시작할 때는 원이둬(聞一多), 쉬이즈머(徐志摩), 천시잉(陳西瀅), 예궁초우(葉公超) 등 다섯 명이 공동으로 5년에서 10년 정도에 완성할 계획이었다. 그러나 다른 사람들은 모두 중도에서 그만두고 량스치유 혼자만 남게 되었다. 그가 8부까지 번역하였을 때 '노구교(蘆溝橋)사건(1937년, 중일전쟁의 발단이 된 사건)'이 일어나 북경을 떠나지 않으면 안 되었다. 그러나 전쟁 속에서도 피난을 다니면서 번역을 계속했다. 전쟁이 끝나고 북경사범대의 교수로 전임된 후에도 그는 번역을 중단하지 않았다.

1967년, 드디어 그가 단독으로 번역한 셰익스피어의 37부작이 중국어로 출간되자 선풍적인 인기를 얻었다. 회고록에서 그는 이렇게 말했다.

"셰익스피어의 작품을 번역하는 일에는 아무런 보상도 따르지 않았다. 오랫동안 멈추지 않고 번역에 몰두해왔지만 나를 지지하는 사람은 별로 없었다."

그러나 하나에 전념하고 그것을 위해 끊임없는 투자하는 정신이 그를 성공의 길로 이끌어 주었던 것이다. 큰 뜻에는 더욱 끊임없는 투자가 필요하다. 성공뿐만 아니라 재능을 익히는 데도 투자가 필요하다. 동서고금의 수많은 사례들이 이를 증명해주고 있다.

왕헌지(王獻之, 진나라의 서예가)는 아버지인 왕희지(王羲之)에게서 서예를 배웠다. 아버지와 같은 명필가가 되는 것이 꿈이었던 그는 어릴 때부터 선인들의 작품을 자세히 관찰하면서 필체의 특징이나 필획의 모양과 구조 등을 머리에 새겨두었다. 그리고 손과 마음이 하나로 느껴질 때까지 글쓰기 연습을 하였다. 열네댓 살이 되니 그의 서예는 상당한 수준에 도달하였지만 아버지에게 비길 바는 못 되었다.

어느 날 왕헌지는 아버지의 서재에 찾아가 비법을 전수해 달라고 부탁했다. 그러자 왕희지는 그를 데리고 뒤뜰로 갔다. 그리고 18개의 큰 항아리를 가리키면서 "서예의 비법은 저 열 여덟 항아리에 있다. 네가 저 항아리의 물로 글을 다 쓰고 나면 그 도리를 알게 될 것이다."라고 말하였다.

그날 이후 그는 아버지의 말에 따라 밤낮을 가리지 않고 서예 연습에 매달렸다.

어느 날 왕희지는 아들을 테스트하기 위해 조용히 연습하고 있는 아들의 뒤에서 붓을 잡아당겼지만 뽑아내지 못하였다. 이에 왕희지는 "넌 앞길이 창창하구나!"라며 감탄하였다. 아버지의 말대로 왕헌지는 열여덟 항아리의 물을 서예 연습에 모두 사용하였던 것이다.

왕헌지는 여러 서체에 두루 능했는데 특히 행서(行書)와 초서(草書)에 조예가 깊었다. 그의 필체는 당시의 서풍에서 벗어난 호방함이 특징으로 후대에 지대한 영향을 끼쳤다. 왕헌지는 왕희지와 함께 '이왕(二王)' 또는 '희헌(羲獻)'으로 불리게 된다.

사업에서 성공을 이루거나 비범한 사람이 되고자 한다면 이루고자 하는 것에만 전념할 줄 알아야 하고, 그 목표를 위해 끊임없이 투자할 수 있어야 한다. 누구에게나 추구하고자 하는 특별한 무언가가 있고 그것을 얻기 위해 노력한 적이 있을 것이다. 하지만 어떤 사람의 목표는 손만 내밀면 닿을 수 있는 것이고 어떤 사람의 목표는 고층건물에서 뛰어내리는 위험부담을 감수해야만 간신히 얻어지는 것이다. 전자는 쉽게 그리고 바로 성공할 수 있지만 후자는 어쩌면 평생을 노력해야 할지도 모른다. 하지만 그것은 각자의 선택에 달린 것이다. 당신이라면 어떤 선택을 할 것인가? 전자의 경우 목표달성이 가져다주는 작은 기쁨 속에서 행복한 삶을 살 것이며, 후자의 경우 필생의 노력과 투자를 해야 하겠지만 동시에 그러한 큰 꿈이 실현됐을 때 안겨주는 거대한 보람과 기쁨을 맛볼 수 있을 것이다.

어떤 꿈은 우리에게 어렵고 아득하게 느껴질 수도 있다. 하지만 가치가 있는 것이라고 생각한다면 객관적으로 존재하는 많은 열악한 조건들에 너무 연연하지 말고 끝까지 최선을 다해 실현해야 한다.

6
자신감

　자신감은 희망을 갖게 하고 잠재력을 최대한 발휘할 수 있도록 한다. 인간의 잠재력은 무한하다. 그런데 왜 어떤 사람은 큰 업적을 이루고 어떤 사람은 매일 바쁘게 움직이지만 아무런 성과도 거두지 못하는 것일까? 대부분의 사람들은 자신의 견해나 주장은 중요하지 않으며, 자신은 큰일을 해낼 재목이 아니라고, 또한 좋은 운명을 타고나지 못해 처음부터 평범하게 살게 되어 있다고 생각한다. 이러한 자격지심과 자포자기는 자신감을 잃어가는 하나의 과정으로 앞으로 나아가려는 발걸음을 꽁꽁 묶어버린다.

　역사적으로 걸출한 인물들 모두가 천재는 아니었다. 다만 그들은 자신의 잠재력을 충분히 발굴해냈을 뿐이다. 그들은 다른 사람이 할 수 없는 일들을 자신은 충분히 해낼 수 있다고 굳게 믿었다. 바로 이러한 자신감이 그들로 하여금 좌절 앞에서 머리 숙이지 않게 했고 그 어떤 악조건에서도 자신의 잠재력을 발휘할 수 있게 만들었다.

　우리가 천재와 다른 점은 바로 자신에 대해 얼마나 정확히 알고 있으며, 자신의 재능과 지혜를 얼마나 충분히 발휘하였는가 하는 데 있다. 때문에 우리는 그러한 천재들을 부러워하거나 동경할 필요가 전혀 없다. 중요한 것은 자신의 능력을 소중히 여기고 그것을 발휘하는 것이다. 그러면 당신에게도 큰 뜻을 이룰 수 있는 좋은 기회가 찾아온다.

　한 철학자는 이렇게 말했다. "자신의 성공을 믿는 사람은 결국 성공하게 될 것이고, 자신의 성공을 믿지 않는 사람은 요행에 맡길 수밖에 없다."

자신감이란?

많은 사람들의 실패 원인을 들여다보면 그것은 그들의 무능함에서 초래된 것이 아니라 자신감의 결핍에 있다. 자신감이 없다면 실현 가능한 일도 불가능한 것이 되고 만다. 성공은 자신감과 노력에 정비례하기 때문이다. 즉 10%의 자신감과 10%의 노력이 10%의 성공을 불러오고, 100%의 자신감과 100%의 노력이 100%의 성공을 불러온다.

자신의 능력을 믿어라. 그래야만 자신의 능력을 발휘할 수 있다. 큰 자신감은 큰 성공을 선사할 것이고, 작은 자신감은 작은 성공을 가져올 것이다. 그러나 자신감이 없는 사람은 성공을 운운할 수조차 없다.

자신감이 넘치는 사람은 항상 밝고 평화로운 표정을 지으며 슬기롭게 행동한다. 그러나 자신감이 없는 사람은 늘 두려움 속에서 방황하며 자신의 선택에 확신이 없어 우유부단한 모습을 보인다.

1980년 5월, 뉴질랜드인 리터를 포함한 6명은 4미터 길이의 요트로 피지 군도의 비티레부에서 출발하여 해안으로부터 15킬로미터 떨어져 있는 암초로 여행을 떠났다. 구름 한 점 없는 남태평양에서 산호를 구경하며 즐거운 시간을 보내고 오후 3시쯤 되어 돌아갈 준비를 하고 있었다. 그때 거울처럼 잔잔하던 바다에 갑자기 파도가 일더니 배가 뒤집히고 일행은 모두 바다에 팽개쳐졌다.

모두들 당황했다. 다시 암초로 돌아가자는 사람이 있는가 하면 배를 버리고 비티레부까지 헤엄쳐가자는 사람도 있었다. 이때 빌이 입을 열었다. 서핑 구급대원이었던 빌은 바다에서의 위기대처 경험이 풍부하였다. 그는 자신감 있게 여러 일행들에게 말하였다.

"절대로 배를 버려서는 안 됩니다. 다들 하나로 뭉쳐야만 희망이 있습니다. 뿔뿔이 흩어지면 개인의 힘에 의지할 수밖에 없고 상어나 파도에 목숨을 잃기 쉽습니다. 다들 같이 움직여야 합니다. 그리고 반드시 살 수 있다는 희망을 버리지 말아야 합니다."

자신감 넘치는 빌의 말에 모두 그를 따르기로 하였다. 그들은 힘을 모아 우선 뒤집어진 배를 바로 세웠다. 하지만 배는 운항할 수 있는 상태가 아니었다. 그들은 배에 의지해 헤엄치기로 하였다. 빌은 가장 힘이 빠진 한 사람만 배에 올라 휴식하게 하고 나머지 사람들은 배를 잡고 헤엄치도록 하였다. 이렇게 번갈아 쉬면서 18시간의 고투를 거쳐 그들은 끝내 해안에 도착했다.

꼭 살 것이라는 확신은 리터 일행을 죽음의 고비에서 벗어나게 해 주었다. 그러한 확신이 없었다면 그들은 바다에서 영원히 돌아오지 못했을 것이다.

자신감은 성공적인 삶을 불러오는 리모컨과도 같다. 참으로 적절한 비유이다. 자신을 한낱 보잘 것 없는 사람으로 생각하면서 한곳에 머무는 사람은 영원히 평범한 소인배로 남을 수밖에 없다.

자신감과 역경

"자신감이 있으면 거의 성공한 것이나 다름없다. 자신감은 불가능한 일을 가능한 일로, 가능한 일을 현실로 만든다"는 말이 있다.

세계적으로 유명한 세일즈맨 조 지라드가 1년 동안 1,425대의 자동차를 판매한 기록은 아직도 기네스북에서 깨지지 않는 기록으로 남아 있다.

이 유명한 세일즈맨은 그 비결을 이렇게 말하였다.

"자신감을 키워야 한다. 지금 꼭 해낼 수 있다고 믿어야 한다. 미루려는 생각은 버려라. 내일 이 일을 해낼 수 있다는 보장은 없다. 오늘이 내일 할 일을 결정해 주는 것이 아니다. 오늘은 내일 당신이 어떤 사람이 되는가 하는 것을 결정해 준다. 오늘을 충실하게 보낸다면 한 주 전이나 한 달 전 그리고 1년 전의 두려움과 연약함, 자포자기에서 벗어날 수 있다. 오늘은 자신감을 세우고 두려움에서 영원히 벗어나는 날이다."

사실 그의 성공도 실패에서 시작되었다. 그는 자신의 힘으로 가정을 꾸리고 사업도 시작하였다. 그러나 경영실패로 6만 달러의 빚더미에 오르게 되었고 집도 차도 모두 법원에 압류되었다. 그보다 더 심각한 문제는 당장 먹을 것이 없다는 것이었다. 생활은 말 그대로 최악이었다.

그때 그의 머리에 제일 먼저 떠오르는 것은 '도망치자'는 것이었다. 집도 차도 잃은 그는 자존심마저 잃고 있었다.

이때 아내가 말했다. "우리가 결혼할 때도 빈털터리였잖아요. 얼마 뒤 우리는 모든 걸 갖게 되었지만 지금은 또 다시 빈털터리로 돌아왔네요. 그때 저는 당신을 믿었어요. 지금도 당신을 믿어요."

아내의 말에 그는 위안을 얻었고 자신감을 되찾았다.

그는 디트로이트의 어느 자동차회사를 찾아갔다. 하지만 당시는 겨울철 비수기인지라 사장은 그를 고용하려 하지 않았다. 그는 "저를 고용하지 않으셨다가는 평생 후회할지도 모릅니다."라고 자신 있게 말했고 이에 사장은 그를 고용했다.

"먼지가 가득한 책상과 낡은 전화기록부, 그것이 내가 새로운 전성기로 가는 출발점이었다. 두 달 만에 나는 다른 세일즈맨들의 실적을 초과하였다. 이렇게 나는 스스로에게 한 말을 현실로 옮겼다."

자신감은 그로 하여금 6만 달러의 빚을 갚고 자존심을 되찾게 해주었다.

자신감이 더 큰 자신감을 만들었고, 1년 동안에 그는 1,425대의 자동차를 판매해 볼품없는 실패자에서 세계에서 가장 유명한 세일즈맨이 되었다.

　가장 이상적인 인생은 바로 끊임없이 성공을 추구하고 또 끊임없이 그 추구한 바를 이루는 과정이다. 자신감은 사람들을 부지런하게 만든다. 목표를 달성하기 위해서는 끊임없이 노력해야만 한다는 것을 알기 때문이다.

　자신감은 굳은 의지와 강한 성격을 만들어 준다. 자신감 넘치는 사람은 낙관적일 수밖에 없다. 그들은 하늘을 우러러 부끄러움이 없으며, 자신의 잘못을 인정하고 충분히 반성하며, 또한 깊이 새긴 뜻은 어떤 유혹에도 추호의 흔들림이 없다. 그들은 어떤 어려움에 부딪쳐도 절대 자신감을 잃지 않고 끊임없이 노력하며, 자신은 역경을 승리로, 불행을 행운으로 바꿀 수 있다는 것을 믿어 의심치 않는다.

　버나드 쇼는 이렇게 말한 적이 있다.

　"나는 젊었을 때 10가지 일을 하면 9가지는 실패하였다. 그래서 나는 열 배의 노력을 하였다."

　이것이 바로 낙천적인 자신감이다.

　인간의 삶에는 수많은 역경이 있다. 이러한 역경에 사람들은 자신감을 잃어버리기도 한다. 그럴 때일수록 냉정하게 자신과 대화하면서 스스로를 격려해야 한다. 연약한 자신을 설득하고 게으른 자신을 정복할 수 있다면 성공은 그리 멀지 않은 곳에 있다.

자만심 이전의
자신감을 가져라.

자신감과 용기

세상의 많은 일들이 얼핏 보기에는 매우 어렵게 느껴지지만 사실은 아주 간단하게 해결되는 경우가 많다. 용기를 갖고 시도해보면 뜻밖의 수확을 거둘 수 있다.

사람이 항상 열정과 투지가 넘칠 수는 없다. 그러므로 우리는 끊임없이 자신을 고무하여 열정과 투지를 유지시켜야 한다. 다른 사람의 격려보다 스스로에 대한 격려가 더욱 효과적이다. 자신을 변화시킬 사람은 다른 사람이 아니라 바로 자기 자신이기 때문이다.

하라 씨는 메이지(明治)보험사의 세일즈맨이었다. 어느 날 그는 문득 이런 생각을 하였다. 미츠비시(三菱)은행은 많은 회사에 대출과 투자를 하였을 것이고 미츠비시은행의 다키(田木)회장은 우리 회사의 회장이기도 하니 만약 회장의 소개를 받게 된다면…. 너무 흥

분된 나머지 그의 심장박동이 빨라졌다. 그는 용기를 내어 곧 행동에 옮기기로 하였다.

그는 아베(阿部) 상무를 찾아가 자신의 생각을 설명하고 회장을 만날 수 있게 해 달라고 도움을 청하였다.

그의 말을 듣고 난 상무는 이렇게 말했다.

"자네 계획은 아주 좋다고 보네. 물론 성공하면 좋겠지만 자네가 아직 모르는 게 있는 것 같군. 미츠비시은행에서 우리 회사에 투자할 때 보험을 소개하는 일은 절대 없도록 하겠다는 다짐을 받았고, 자네가 회장님께 추천서 말을 꺼내는 날엔 나는 당장 사표를 내야 한다네."

그는 회장을 직접 찾아가기로 결심하였다.

이튿날 오전 9시, 그는 회장의 사무실로 안내를 받게 되었다. 그러나 두 시간이 지나도 회장은 나타나지 않았고 그는 저도 모르게 잠이 들고 말았다. 누군가가 어깨를 흔들어 깨워 하라 씨는 그제야 정신을 차렸다. 그의 눈앞에는 사진에서 많이 보아왔던 회장이 서 있었다.

"무슨 일로 날 찾았는가?"

회장이 우렁찬 목소리로 물었다.

순간 그는 당황해서 준비해 온 말들을 모두 잊고 "저, 저는, 메이지보험사의 하라 이찌헤이입니다"라고 더듬거리며 대답했다.

"그래 용건이 무엇인가?"

그의 말이 채 끝나기도 전에 다키 회장은 또다시 물었다.

"제가 닛싱(日淸)방직의 미야지마(宮島)사장님을 찾아뵙고 싶은데 회장님께서 추천서를 하나 써 주실 수 없는지요."

"뭐라? 나더러 보험을 소개하는 짓거리를 하란 말인가?"

그러자 그는 회장에게 바싹 다가서며 "짓거리라고요?"라고 큰 소리로 대들었다.

회장은 놀라서 흠칫 뒤로 물러섰다.

그는 숨 돌릴 새도 없이 계속 말을 이었다.

"방금 짓거리라 했습니까? 회사에서는 늘 생명보험사의 세일즈맨으로 일하는 것은 거룩한 사업이라고 하지 않으셨습니까? 그러고도 당신이 회장이란 말입니까? 회사로 돌아가서 모든 직원들에게 이 사실을 전해야겠군요."

말을 마치자 그는 노기등등해서 문을 차고 나갔다.

문을 나서는 순간 그는 자신의 무모함을 후회하기 시작하였다. 정신없이 거리를 헤매면서 쏟아져 나오는 눈물을 훔치며 어찌할 바를 몰랐다. 오후 늦게 그는 회사로 들어가 아베 상무에게 오전의 일을 보고하며 사과를 하고 사직서를 제출하였다.

이때 전화벨이 울렸다. 전화를 받고난 아베 상무는 껄껄 웃더니 이렇게 말했다.

"회장님의 전화였네. 오전에 아주 무서운 젊은이가 찾아와 깜짝 놀랐다고."

아베 상무는 하라 군의 어깨를 두드려 주면서 계속 말을 이었다.

"회장님은 그 직원이 참 훌륭했다고 말씀하셨어."

더욱 놀라운 일은 회장이 하라 씨를 집으로 초대한 것이었다. 회장은 반갑게 그를 맞이하고 어깨를 감싸며 친절하게 대화를 나누었다. 그 뒤 그를 백화점에 데리고 가서 새 양복과 와이셔츠, 구두를 사 주었다.

그 뒤로 하라 씨는 15년 연속 일본에서 가장 실적이 뛰어난 보험 회사 세일즈맨이 되었다.

하라 씨의 성공은 그의 용기와 떼어놓을 수 없다. 남이 보기에는 무모해 보이거나 성공 확률이 극히 작은 일이라 하더라도 용기를 내어 행동에 옮겼기에 성공할 수 있었던 것이다.

자신에 대한 믿음

노력하면 사람들이 할 수 있는 일을 나도 할 수 있다는 것을 믿어야 한다. 그리고 남들이 해내지 못하는 일을 나는 해낼 수 있다는 자신감도 가져야 한다.

진(秦)나라 말, 농민봉기의 지도자 진승(陳勝)이 "왕후장상의 씨가 따로 있더냐!"라고 부르짖었듯이, 자신이 남보다 못할 것이 없음을 굳게 믿어라. 스스로를 믿지 못한다면 어찌 다른 사람의 믿음을 기대할 수 있겠는가? 나는 꼭 할 수 있다는 강한 믿음은 시련과 좌절 그리고 실패를 이겨낼 수 있게 한다.

"나는 모든 면에서 나날이 향상되고 있다."

이 말은 프랑스의 심리치료사인 에밀 쿠에의 명언으로, 1920년대 수많은 영국인과 미국인들이 매일 반복했던 말이었다. 이 말을 반복하는 것은 당시 사람들의 일과 중 하나였다. 사람들은 시간표까지 만들어 하루에 몇 번씩 이 말을 되새겼다. 이렇게 자신감을 북돋으면 사업과 생활이 잘 되어 나갈 것이라고 믿었기 때문이다.

에머슨은 "자신감은 성공의 첫 번째 비결이다"라고 말하였다. 이처럼 자신감은 거대한 힘을 낳아 사람들로 하여금 성공을 향해 전진하게 한다.

찰스는 55살이 되기 전까지 소설을 쓴 적도 없었고 그럴 생각도 없었다. 그런 그가 소설을 쓸 생각을 갖게 된 것은 국제재단에 유선 방송 사업을 신청하면서였다. 당시 관리부에서 일하던 친구가 그에게 그의 신청이 거부될 것이라고 귀띔해주었다.

"그럼 난 이제 뭘 하면서 살지?"

이런 생각이 든 찰스는 이것저것 자료를 찾다가 우연히 옛날에 써두었던 글을 발견하였다. 몇 구절은 알아보기 어려웠지만 영화 시나리오에 어울리는 글이라고 생각했다. 그는 그것을 어떻게 완성할 것인지 골똘히 생각해보았다. 얼마 후 소설을 쓰는 친구에게 전화를 걸었다.

"나에게 좋은 소재가 하나 있어. 그걸로 영화 시나리오를 만들 생각인데, 영화제작사는 어떻게 찾지? 이 시나리오를 영화로 만들어 줄 수 있는 파트너면 되겠는데."

"찰스, 자네가 생각하는 길은 성공할 확률이 거의 없네. 설령 자네 생각을 영화로 만들어줄 사람을 찾았다 하더라도 그런 소재로는 흥행을 기대하기 어려울 거네. 이래도 그 소재가 괜찮은 거라고 확신하나?"

"그렇다네."

"그렇게 확신한다면 친구로서 이런 충고밖에 할 수 없겠군. 그 확신에 절대 동요하지 말고 1년을 더 투자해 그 소재로 소설을 써 보게. 성공한다면 자넨 소설로 수입을 얻을 수 있고, 영화제작사에 넘겨 더 많은 돈을 벌 수 있네."

찰스는 수화기를 내려놓고 밖에 나가 산책하면서 계속 그 문제를 생각하였다.

'내게 소설을 쓸 소질과 인내심이 있을까?'

그는 자료를 조사하고 줄거리를 구성하고, 집필하는 장면들을 상상해보았다.

'음, 이러한 것들을 위해 1년을 투자해야 한다.'

이렇게 생각하고 있는 동안 그에게 자신감이 생겼다.

찰스는 1년 3개월 만에 그 소설을 완성하였다. 그의 소설은 캐나다의 매클레런 스튜어트출판사, 미국의 사이먼 슈스터출판사, 엠마포켓출판사에 의해 출간되었다. 그리고 영국, 이탈리아, 네덜란드, 일본, 아르헨티나 등에서도 출간되었다. 훗날 이 소설은 '대통령 납치사건'이란 영화로 제작되었다. 찰스는 계속하여 5편의 소설을 발표했고 진정한 소설가로 인정받게 되었다.

또 다른 이야기를 보자.

1949년, 24세의 한 젊은이가 자신만만하게 GM에 면접시험을 보러갔다. 이유는 아버지가 GM은 괜찮은 회사라고 하면서 그에게 추천했기 때문이었다.

자신감에 넘치는 그의 모습은 면접관에게 깊은 인상을 남겼다. 면접관은 지금 회사에 빈자리가 딱 하나 있는데 어쩌면 신입사원의 힘으로는 감당하기 어려울 수도 있다고 하였다. 그러나 그의 머릿속에는 이 회사에 들어가 자신의 능력과 실력을 키워야겠다는 생각뿐이었다.

면접관은 그 젊은이를 채용하면서 비서에게 이렇게 말했다.

"난 방금 미래의 우리 회사 회장을 채용하였다네."

이 젊은이가 바로 1981년 GM의 회장으로 취임한 로저 스미스이다. 그가 입사한 후 처음 같이 일한 동료는 이렇게 회상한다.

"로저는 같이 일한 한 달 동안 늘 정색하며 나중에 꼭 이 회사의 회장이 될 것이라고 말했습니다."

이 세상 모든 사람은 태어날 때부터 강자인 것은 아니지만 누구나 강자가 될 수 있다. 할 수 있다는 신념을 가지고 꿈을 향해 나아가라.

자신감과 도전

"인생에서 목숨을 걸 수 있는 기회는 몇 번 없다."

이는 중국 역사상 첫 금메달을 딴 탁구선수 룽구어탄(容國團)의 말이다. 사람은 전장의 돌격부대처럼 용감하게 목숨을 걸 줄 알아야 한다. 우리의 인생이 순풍에 돛 단 배처럼 항상 순조롭지 않기 때문에 인생이 우리에게 던져주는 도전들을 기꺼이 맞이해야 한다.

명확한 목표를 가지고 도전을 맞이하라

어느 한 갑부가 이런 말을 한 적이 있다.

"싸움이 필요하다면 난 기꺼이 상대해 줄 것이다."

위대한 인물들은 모두 격투사이다. 싸움에 필요한 모든 수단들에 ─음모와 계략, 차가운 조소와 신랄한 풍자, 주먹지르기와 발차기─ 그들은 어느 하나 못하는 게 없다. 그들은 필요에 따라 싸움에 적극 응할 수밖에 없다는 것을 잘 알고 있다. 그것은 자신을 보호하기 위함이며 또한 자신의 힘을 보여줌으로써 상대로 하여금 더 이상 자신을 얕보는 일이 없도록 하기 위함이다. 물론, 그들의 최종 목적이 상대를 위협하는 데 있는 것은 아니다. 그들은 쉽게 분노하거나 싸움을 즐기는 것이 아니며 약한 자를 괴롭히는 따위의 습관이 있는 것은 더더욱 아니다. 다만 그들은 필요할 때 나설 뿐이다.

링컨의 비서로 일했던 사람이 들려주는 이야기이다.

어느 날 그가 링컨 대통령과 함께 나란히 앉아 이야기를 나누고 있는데 한 구직자가 찾아왔다. 그 사람은 벌써 몇 주째 계속 찾아와 귀찮게 하고 있었다. 이번에도 그는 똑같은 부탁을 하였다. 링컨은 이렇게 대답했다.

"난 자네한테 그 직위를 줄 수 없네. 이렇게 매일 찾아와도 소용없으니 그만 돌아가 보게."

그는 링컨의 말을 듣고 화가 나서 노발대발하였다.

"각하, 당신은 날 도와주기 싫은 것이군요. 알겠습니다!"

인내심이 많기로 소문난 링컨 대통령도 더는 참을 수가 없었던지 한참이나 그 사람을 노려보더니 자리에서 벌떡 일어났다. 링컨은 말없이 그의 곁으로 다가가서는 옷을 잡고 출구로 향했다. 그리고는 그를 문밖으로 내동댕이치고 문을 굳게 닫아걸고 제자리로 돌아왔다. 먼지를 털고 일어난 그 사람은 다시 문을 열고 큰 소리로 외쳤다.

"내 서류들을 돌려주시오."

링컨은 책상 위에 있는 서류들을 문 밖으로 던져주고는 다시 문을 닫아버렸다.

자상하고 참을성이 많기로 유명한 링컨 대통령도 필요할 때는 이같이 화를 내는 것이었다.

여기서 지도자들이 자주 이용하는 몇 가지 전투방법을 알아보자. 적과 정면으로 육박전을 벌이거나 또는 단순하게 얄미운 사람에게는 상대의 얼굴에 강한 펀치를 날리거나 혹은 한두 마디의 날카롭고 신랄한 비판을 가한다. 핵심은 가장 간편하고 효과적인 방법으로 목적을 이룬다는 것이다.

산에 똑같이 생긴 두 개의 돌이 있었다. 그러나 3년 후 그 두 돌은 완전히 다른 모습이었다. 하나는 사람들의 존경과 참배를 받았고, 다른 하나는 사람들이 침을 뱉고 있었다. 너무나 불공평하다고 생각한 두 번째 돌이 첫 번째 돌에게 물었다.

"이보게 친구, 3년 전만 해도 우린 똑같이 산에서 굴러다녔는데 지금은 왜 이렇게 달라졌지? 난 정말 고통스러워."

그러자 다른 돌이 대답했다.

"이보게, 자네 아직 기억하나? 3년 전 한 조각가가 왔을 때 자넨 몸에 칼을 대는 것이 두려워 그냥 가볍게 시늉만 해달라고 했네. 하지만 난 모든 아픔을 참고 내가 생각하던 모습으로 새겨주길 원했다네. 이것이 바로 오늘 우리의 처지가 다르게 된 원인인 것 같네."

그들의 차이는 바로 하나는 자신이 원하는 것을, 다른 하나는 두려움을 우선적으로 생각한 데 있다. 우리는 같이 자란 소꿉친구 혹은 동창생, 전우, 직장동료 등이 몇 년이 지난 후 각자 다른 모습으로 변해있음을 발견할 수 있다. 어떤 사람은 불상이 된 돌처럼, 또 어떤 사람은 다른 한 돌처럼 변해있을 것이다.

그렇다면 당신은 어떤 모습으로 이 세상을 살고 싶은가? 핸들이 없는 스포츠카는 제아무리 좋은 엔진을 갖고 있다 하더라도 영원히 목적지에 도달하지 못한다. 당신이 부, 사업의 성공, 쾌락 등 어떤 것을 얻고자 한다면 우선 그에 맞는 목적성을 부여해야한다. 왜 그것을 원하는지, 그리고 어떤 방법으로 그것을 얻을 것인지 말이다.

인생교육의 아버지로 불리는 카네기는 이렇게 말한 적이 있다.

"아득히 먼 곳의 희미한 것들을 보려고 애쓰지 말고 눈앞에 있는 뚜렷한 일부터 착수하라."

오늘 하느님이 당신에게 가장 갖고 싶은 5가지 꿈을 이루어주겠다고 한다면 당신은 어떤 것을 선택할 것인가? 또 하나만 선택할 수 있다면 무엇을 선택하겠는가? 당신의 생명이 오늘 끝난다고 한다면, 그동안 살면서 가장 하고 싶었던 일과 하지 못한 일은 무엇인가? 간절히 원하는 것이 있다면 지금 바로 결정하라. 그 결정이 곧 힘이다. 그것은 당신 두뇌의 깊은 곳에 잠재의식으로 남아 그 꿈을 실현하도록 독촉할 것이다.

이 세상에는 생각해내지 못한 일만 있을 뿐 해낼 수 없는 일이란 없다. 생각이 이미 그곳에 닿아 있으니 그것을 행동에 옮긴다면 당신은 반드시 해낼 수 있다.

먼저 시도하라

"사람은 일직선의 길을 걸어야 한다. 그래야만 모든 일이 순조롭게 풀린다"는 말이 있다.

그러나 블레이크는 이렇게 말했다.

"터널을 뚫으면 도로가 곧아질 수 있지만 구불구불한 길이야말로 천재적인 길이다."

블레이크는 새로운 길을 개척하는 사람을 좋아했다. 많은 사람들이 지나가는 길에는 따먹을 과일이 별로 없기 때문이다. 성공하려면 남들이 다니지 않는 험한 길을 개척해야 한다. 어떤 일을 이루는 것이 어려운 것이 아니라 가장 먼저 그 일을 이루는 것이 어려운 것이다.

콜럼버스의 달걀이야기를 알 것이다. 그가 신대륙을 발견하자 사람들은 그를 위해 연회를 열었다. 연회에 참석한 어떤 귀족이 신대륙의 발견은 완전한 우연이라고 하자 콜럼버스는 계란을 하나 꺼내며 이렇게 말했다.

"여러분, 이 계란을 탁자 위에 세울 수 있는 분 계십니까?"

물론 아무도 세우지 못하였다. 결국 그 계란은 콜럼버스의 손에 다시 넘어왔다. 콜럼버스는 계란의 한쪽 끝을 깨고 탁자 위에 세웠다. 그런 식이라면 다 할 수 있다며 귀족들은 빈정댔다. 그러자 콜럼버스는 웃으면서 이렇게 말했다.

"나도 누구나 다 할 수 있다는 것을 잘 알지요. 그런데 당신들처럼 총명한 분들이 내가 이렇게 하기 전까지는 누구도 시도하지 않았다는 것이 문제지요."

이처럼 누구에게나 기회는 주어져 있다. 그러나 기회는 유독 창의적인 사람만을 편애한다.

쟈크는 골프공과 인연을 맺기 전까지는 아주 평범한 생활을 하였다.

어느 날 그는 우연히 골프 선수가 잘못 날린 공이 호수에 떨어지는 것을 보았다. 순간 아주 좋은 생각이 떠올랐다. 그는 잠수복을 입고 레드우드 골프장의 호수에 들어갔다. 그곳에서 그는 바닥에 하얗게 깔려 있는 골프공들을 발견하였다. 그것을 모으면 가히 작은 산을 이룰 수 있을 정도였다. 그 공들은 모두 새 공이나 다름없었다. 골프장의 경리는 쟈크가 주어온 공을 보더니 10센트의 값을 쳐주겠다고 했다. 그날 쟈크는 2,000여 개의 골프공을 건졌다. 그가 일주일 동안 벌 노임을 번 셈이었다. 그 후, 그는 호수에서 주어온 공을 깨끗하게 씻고 포장하여 새 골프공의 반값에 팔았다.

시간이 지나면서 소문을 듣고 그 일을 시작한 잠수부들이 많아지자 쟈크는 그 잠수부들로부터 8센트에 골프공을 구매하기 시작하였다. 매일 8~10만 개의 골프공이 그가 세운 회사에 공급되었다.

사람들에게 있어서 호수에 떨어진 공은 하나의 실패작이지만 쟈크에게는 큰 이익을 주는 기회였던 것이다.

크게 성공한 사람들이나 큰 부자가 된 사람들은 모두 우리와 비슷한 사람들이었다. 다만 그들에게는 먼저 시작할 용기가 있었을 뿐이다. 누구나 성공을 꿈꾼다. 하지만 자신이 그토록 애타게 기다리던 기회가 눈앞에 찾아왔을 때 그것을 제대로 포착하는 사람은 많지 않다. 기회를 잡기 위해서는 새로운 것을 발견하는 눈과 용감하게 시도할 줄 아는 심장, 그리고 창의적인 두뇌가 필요하다.

기원전 233년 겨울, 알렉산더 대왕이 소아시아를 정복할 때였다. 그가 소아시아의 버니지아 성에 도착하였을 때 이상한 예언을 듣게 되었다.

수백 년 전, 고데아스 왕이 수레에 복잡한 매듭을 지었는데 그 매듭을 푸는 자가 소아시아를 통치하게 된다는 예언이었다. 그때부터 해마다 많은 사람들이 그 매듭을 풀러 왔다. 여러 나라의 무사와 왕자들이 그 매듭을 풀어보려 시도하였지만 모두 실마리도 찾지 못한 채 돌아갔다.

알렉산더도 예언에 흥미를 느껴 신비한 매듭을 보러 갔다. 매듭을 이리저리 자세히 살펴보았지만 역시 실마리도 찾을 수 없었다. 그는 문득 '내 방식대로 이 매듭을 풀면 되지 않을까?'라고 생각하게 되었다. 그리고는 검을 뽑아 단숨에 매듭을 두 동강 내버렸다. 수백 년 동안 전해오던 수수께끼는 그렇게 쉽게 풀어졌다. 이것이 여러분도 잘 알고 있을 그 유명한 쾌도난마(快刀亂麻)의 일화이다.

지금 바로 행동하라. 낡은 틀에서 벗어나 남이 하지 않은 일을 시도한다면 성공은 당신의 곁으로 다가올 것이다.

필승의 신념

　삶은 우리에게 아름다움만 주는 것이 아니라 시련과 불행도 함께 선사한다. 그러므로 자신감을 갖고 당당하게 이 모든 고난에 응해야 한다. 어떤 상황에서도 반드시 이기고야 말 것이라는 필승의 신념으로 앞으로 나아가야 한다.

　중국 속담에 "부귀는 위험으로부터 얻어지는 것이다"라는 말이 있다. 맹목적인 모험을 권하는 의미가 아니라, 성공을 위해서는 반드시 모험정신이 필요하다는 뜻이다. 안일한 생각으로 현실에 머물러 있다면 영원히 앞으로 나아갈 수 없기 때문이다. 기회는 늘 모험정신을 가진 사람에게 찾아온다. 그러한 모험정신은 또한 자신감에서 오는 것이다.

　채플린의 자서전에는 이런 말이 있다.

　"역사상 위대한 성과는 모두 겉보기에 불가능한 일에서 얻어졌다는 것을 기억하라."

현대사회는 기회와 도전으로 가득한 사회이며, 우리들이 부단히 새로운 것을 개척하고 창조해내야 하는 사회이며 모험을 감수할 수밖에 없는 사회이다. 과감하게 새것을 탐색하고 용감하게 시도할 줄 아는 사람만이 삶의 격정을 맛볼 수 있다.

물론, 모험의 맛이 달콤하지는 않다. 사람들은 현재의 생활방식에 습관화되어 있고 그러한 익숙한 생활을 버리려고 하지도 않는다. 길을 가더라도 매일 다니던 길을 택하지 새로운 길을 걸어보려 하지 않는다. 어쩌다 낯선 길에 들어서기라도 하면 초조함과 불안감을 떨쳐버리지 못한다.

집으로 향하는 길을 한번 바꿔보라. 혹 그 길에 아름다운 풍경이 기다리고 있을지도 모른다. 그렇다면 그 모험은 가치 있는 것이다. 마찬가지로 일하는 과정에서, 특히 새로운 것을 만드는 과정에서 모험이 필요하다. 모험 속에서 자신의 잠재능력을 발견할 수 있다. 새로운 길은 두려움이 따르기도 하지만 당신에게 기회를 주기도 한다.

키에르케고르는 "모험은 걱정을 동반한다. 그러나 모험하지 않으면 자신을 잃게 된다"고 했다.

과감하게 모험에 도전하는 것은 자신감의 표현이다. 그 과정에서 당신은 모험과 기회가 동시에 존재하고 있음을 알게 될 것이다.

7
열정

'열정은 기적을 낳는다'는 말이 있다.

같은 시간에 남들보다 많은 일을 해내고 또 멋지게 완성한 사람들은 바로 넘치는 열정으로 성공을 이룩한 사람들이다. 열정은 사람의 마음으로부터 나오는 동력이다. 그 힘은 사람들이 어떤 일에 몰입하도록 하며 성공의 길로 이끌어 준다.

소극적인 마음을 버려라

처음 직장생활을 시작할 때는 열정이 넘쳐 자신의 장래에 큰 기대를 건다. 그러나 얼마 안 되어 그러한 열정들이 식어버리고 나면 일에 지루함을 느끼고 매일 퇴근시간만을 기다린다. 그리고 잔업거리라도 생기면 실망하기 일쑤이다. 사람은 자신의 마음을 조절하고 초심을 지킬 줄 알아야 한다.

부단히 새로운 동력을 만들어라

오랫동안 한 곳에서 일하게 되면 기술적으로는 숙련되지만 매일 반복되는 일상을 보내다 보니 점차 자신을 잃어가게 되는 경우가 많다. 이러한 마음이 생기기 쉬운 이유는 자신이 하는 일의 가치를 알지 못하기 때문이다.

어느 샐러리맨은 이렇게 토로하였다.

"솔직히 말해서 그동안 내가 뭘 배웠는지 잘 모르겠다. 매일 상사가 시키는 대로 하면서 내가 하고 있는 일이 나에게 잘 맞는 것인지, 그리고 얼마나 발전성이 있는지조차 생각해본 적이 없다. 그냥 살기 위해 일을 했을 뿐이다. 시간이 지나면서 점차 직장생활에 싫증을 느끼기 시작하였고 더 이상 일할 기분도 나지 않았다. 직장일이 아무 맛도 없는 물처럼 되어 버렸다."

우리는 이 샐러리맨이 자기가 하는 일에 아무런 동력도 얻지 못하고 피동적으로 일하고 있음을 알 수 있다. 이런 상태라면 당연히 일에 싫증날 수밖에 없다.

에너지를 충전하라

일이 순조롭지 못하면 감정의 기복도 심하게 나타나고 머리가 복잡해지기 쉬우며 자칫하면 우울증에 걸려 악순환에 빠질 수도 있다. 직장에서 기분 좋지 않은 일이 생기면 그것을 빨리 해소해야 한다. 불만을 움켜쥔 두 주먹을 샌드백이나 또는 나무를 향해 힘껏 날려본다면 마음이 한결 가벼워질 것이다. 친구를 찾아가 하소연을 해보는 것도 괜찮다. 마음속의 불만들을 말하고 나면 울적한 기분이 모두 날아갈 수도 있다. 즐거웠던 일들을 떠올리는 것도 우울함에서 벗어나는 좋은 방법이다. 잠시나마 업무의 스트레스로부터 벗어나 자신만의 생활을 즐길 줄 알아야 새로운 에너지를 충전할 수 있다.

일을 싫어하는 사람이 있는가 하면 일밖에 모르는 사람도 있다. 처음에는 1~2시간 정도 잔업을 하다가 매일 잔업을 하고, 나중에는 주말까지 회사에 나가는 사람이 있다. 이런 사람들에게 일은 생활의 전부이다. 그들은 일 외에는 그 어떤 사회 활동도 하지 않는다. 하지만 시간이 지나며 점차 자신의 일에 반감을 느끼게 된다.

여가 시간을 잘 보낼 줄 아는 것도 열심히 일하는 것 못지않게 중요하다. 사람들은 사무실에서 쌓은 실적만을 진정한 성공으로 생각한다. 이러한 사람들은 일에서의 성공을 인생 최대의 낙으로 생각하기 때문에 일에 문제가 생기면 하늘이 무너진 것처럼 당황한다. 그러나 다른 것에도 관심을 둔다면 일에서 좌절을 겪게 되더라도 좀 더 여유로운 자세를 유지할 수 있다.

남을 대하는 태도를 바꿔라

매일 아침 출근길이 두렵다면 그 원인은 대체로 직장 동료들과의 관계가 원만하지 못한 데 있을 것이다. 하지만 함께 일하기 싫더라도 그들에게 적극적으로 접근해야 한다. 엘리베이터에서 모르는 사람에게 먼저 미소를 짓는다면 상대방도 미소로 답할 것이다. 사무실에서도 마찬가지이다. 예의를 갖춰 사람을 대하는 것은 인간의 본성이다. 서로 인사도 주고받지 않는 두 사람이 하루아침에 친해진다는 것은 불가능하지만 진심으로 관계가 개선되길 바란다면 상대도 언젠가는 당신의 진심을 느끼게 될 것이다. 당신의 직업이나 상사에 싫증을 느낀다면 동료들과의 적극적인 교제는 더욱 필요하다. 동료들과 이야기를 나누다 보면 서로의 공감대를 찾고 불만을 없앨 수 있다.

열정적으로 일하라

　일에는 열정이 필요하다. 무슨 일이든 열정이 없다면 순조롭게 완성할 수 없다. 열정은 좋은 인간관계를 만들고 자신의 잠재력을 발굴하는 거대한 힘이다.

열정으로 가슴을 채워라

　한 사람의 성공에는 여러 가지 조건이 따르지만, 그중에서 제일 중요한 것은 열정이다. 슈바이처는 이런 말을 했다.

　"그 어떤 위대한 일도 열정으로 만들어지지 않은 것이 없다."

　보통의 어머니와 훌륭한 어머니, 보통의 연설가와 훌륭한 연설가, 보통의 세일즈맨과 훌륭한 세일즈맨의 차이는 바로 그들의 열정에 있다.

　열정은 환경에 따라 입었다 벗는 옷이 아니며, 상대방의 마음을 사로잡는 물질적인 것도 아닌 생활에 대한 일종의 신조이다. 또한 큰 소리로 말하느냐 작은 소리로 말하느냐와 상관없는 내재적 감정의 외적표현이다. 열정이 가득한 사람이라도 겉보기에는 아주 조용할 수 있다. 그러나 그들의 일거수일투족에서는 생명에 대한 무한한 열정을 느낄 수 있다.

사실 성공한 사람과 실패한 사람은 기술이나 능력, 지혜에는 별 차이가 없다. 다만 열정이 더 많은 사람이 바라던 바를 이룰 뿐이다. 능력이 다소 모자라더라도 열정적인 사람이, 능력은 있지만 열정이 없는 사람을 이기게 된다.

열정은 겉으로 드러난 것이 아닌 마음에서 우러나는 것이다. 때문에 열정적인 척 하는 것은 언젠가는 들통나게 되어 있다. 그것을 오래도록 유지하고 싶다면 목표를 세우고 그것을 이루기 위해 열심히 노력해야 하며, 목표를 달성한 후에도 계속 새로운 목표를 세우고 그것을 완성하기 위해 힘써야 한다. 이처럼 지속적으로 도전을 해야만 열정을 유지할 수 있다.

맥아더 장군의 사무실에는 아래와 같은 글이 적힌 액자가 있었다.

신앙이 있는 자는 젊어지고, 의혹을 가진 자는 늙어간다.
자신감 있는 자는 젊어지고, 두려움 가진 자는 늙어가다.
희망을 품은 자는 젊어지고, 절망을 하는 자는 늙어간다.
세월은 당신을 늙게 하지만 열정이 없다면 당신은 영혼을 잃어버리게 될 것이다.

열정으로 가득한 사람은 농사를 짓든, 회사를 경영하든 자신의 직업을 신성한 것으로 간주할 것이고 그 속에서 즐거움을 느낀다. 자신의 일에 열정적인 사람은 그 일이 아무리 어렵고 까다롭다 하더라도 차분하게 끝까지 완성한다. 이러한 사람이 목표에 도달하고 성공하는 것은 당연하다.

즐겁게 일하라

열정이 있는 사람은 즐겁게 일할 줄 아는 사람이다. 스스로 자신의 삶을 지배하고자 한다면 움직일 수 있을 때 많이 움직이고, 느낄 수 있을 때 많이 느끼고, 일할 수 있을 때 많이 일하고, 생각할 수 있을 때 많이 생각해야 한다.

인간은 대체로 두 가지 부류로 나눌 수 있다. 하나는 편안하게 누워서 지내는 부류이고, 다른 하나는 서서 일하는 부류이다. 누워서 지내는 사람은 육체적으로 편안하겠지만, 안일함 속에서 소중한 생명이 의미를 잃어가고 사신의 정신을 무디게 만든다. 그러나 서서 일하는 사람은 자신이 노력한 대가로 생명의 진가를 얻고 정신적으로 영원함을 얻는다.

루쉰(魯迅)은 이렇게 말했다.

"나더러 누워서 지내라 한다면 내가 살아있다는 것조차 느낄 수 없을 만큼 지루할 것 같다. 나는 일하지 않고 몇 년 더 살기보다는 많이 일하며 몇 년 적게 사는 것이 더 낫다고 생각한다. 몇 년을 더 헛사는 것이라면 결과적으로 똑같기 때문이다."

일을 함에 있어서 중요한 것은 사명감이지 환경이 아니다. 아무리 좋은 환경이라도 일할 의욕이 없다면 쓸모없는 것이 되고 만다.

조우 씨는 퇴직한 후 집에서 하는 일 없이 지내는 게 싫어 친구의 소개로 어느 한 공장의 품질검사 고문으로 들어갔다. 가족과 친구들은 모두 그의 체력과 건강을 걱정했다. 그러나 조우 씨는 매일 자전거로 출퇴근하였고, 정신적으로도 한결 더 젊어진 듯했다. 한 후배가 그에게 무슨 약을 먹고 이렇게 청춘을 되찾았느냐고 농담을 건네자 그는 이렇게 대답했다.

"바로 일이라네. 사명감이 나로 하여금 내가 아직 능력을 가지고 있음을 깨닫게 만들었네."

인생에서 다른 것에 눈 돌리지 않고 오로지 하나만 추구하며 그것에 전념하는 것은 매우 중요하다. 그 과정에서 일에 대한 사명감과 자신에 대한 확고한 신념을 가질 수 있기 때문이다.

고리키의 다음 말은 진리이다.

"즐겁게 일한다면 인생은 낙원이 될 것이고, 마지못해 일한다면 인생은 지옥이 될 것이다."

사람은 팽이와도 같아 돌리지 않으면 평형을 잃고 멈추게 된다. 많은 젊은이들이 놀기에만 정신을 쏟지 일에 대해서는 관심이 없다. 그들의 눈에는 성공한 사람들의 별장과 멋진 외제차만 들어오지 그것들을 소유하기 위해 치른 노력에 대해서는 전혀 궁금해 하지 않는다. 심지어 어떤 사람들은 향락을 생활의 목표로 삼고 일은 생계를 위한 수단으로 삼기도 한다.

사람은 자신의 수명을 결정할 수 없지만 삶의 질은 책임질 수 있다. 자신의 내일을 예견할 수 없지만 오늘을 충실하게 보낼 수는 있다.

환자를 고통 속에서 해방시키려고 분초를 다투는 의사들은 미소를 되찾은 환자들의 얼굴을 보면서 즐거움을 느낀다. 그들의 미소에서 자신의 가치를 보기 때문이다. 땀 흘려 가꾼 나무의 그윽한 향기를 느낄 때 원예사들은 즐거움을 느낀다. 그것이 자신의 땀과 노력에 대한 정원의 보답이라는 것을 알기 때문이다. 새로운 서비스에 소비자들이 만족스러운 표정을 지을 때 기업가들도 즐거움을 느낀다. 고객의 표정이 자신의 경영방식에 대한 긍정임을 알기 때문이다.

그대의 것이 아니거든 보지를 말라.
그대의 마음을 흔드는 것이 아니라면 시선을 주지 말라.
그래도 강하게 다가오거든 그 마음을 힘차게 불러 일으켜라.

스트레스를 해소하라

일을 하는 과정에서 이런저런 스트레스를 받게 된다. 스트레스는 양날의 검과도 같아 한 면은 동력이 되어 더 큰 열정을 낳고, 다른 한 면은 불만을 일으켜 일의 효율을 떨어뜨린다.

다음은 우리가 자주 접하게 되는 스트레스의 원인과 그 대처방법들이다.

스트레스의 첫 번째 원인: 일의 양이 너무 많다

일을 채 마치기도 전에 상사로부터 또 다른 임무가 떨어진다. 일의 양이 너무 많아 끝마치는데 무리가 있다.

▶ 해결방법: 스스로 정리한다. 우선 자신의 직책을 명확히 해야 한다. 세밀하게 검토하여 자신이 직접 하지 않아도 되는 일은 아래 사람에게 넘긴다. 상사와 잘 상의해서 자신의 구상도 말해본다. 토

론토의 직무건강을 연구하는 학자들은 이렇게 지적한다.

"사람은 늘 환경을 바꿀 수 있는 자신의 능력을 평가절하 한다."

다른 한 가지 방법은 '잠시 물러서는 책략'이다. 예를 들면 자신에게 시간을 내어 팽팽해진 긴장을 풀어주는 것이다. 잠시 자리를 비우고 산책을 한다든가, 저녁에 친구와 약속을 잡는다든가 하는 방법이다. 그러나 결국 가장 중요한 것은 일의 양이 많더라도 열정을 갖고 그 속에 뛰어들어야 한다는 것이다.

스트레스의 두 번째 원인 : 정보의 과잉

하루에 핸드폰이 수백 번도 더 울리고, 하루 동안 받는 이메일이 100통 이상이라면 '디지털 스트레스'를 받게 된다. 이 말은 최신기술을 지나치게 사용한 데서 초래되는 긴장과 스트레스 그리고 그로 인한 생산성 저하를 포함한다.

▶해결방법: 최신기술을 이용하되 지배를 받아서는 안 된다. 완성해야 할 업무 리스트를 작성하고 스팸을 차단한다. 메일 도착 알림창을 정해진 시간에만 체크하고 집에 돌아가면 핸드폰을 끄고 메일함도 열지 않는다.

스트레스의 세 번째 원인 : 피동적인 업무활동

전문가들의 분석에 따르면 사장이 일의 양을 두 배로 늘리면서 아무런 보상도 하지 않거나, 사전에 아무런 통보도 없이 당신의 사무실을 옮기거나, 일에 대한 강도를 높이면서 월급을 올려주지 않을 경우 스트레스는 배로 증가하며, 심장병이나 우울증에 걸릴 확률이 일반 사람의 세배 정도로 증가한다고 한다.

▶ 해결방법: 피동을 주동으로 바꾸라. 전문가들의 주장대로라면 사장이 그렇게 하는 원인을 능동적으로 이해하라는 것이다. 단순하게 불평만 하지 말고 능동적으로 사장과 대화를 나누고 원인을 알아낸다. 그리고 사장의 새로운 결정에 대한 개인적 견해를 말하고 현재의 업무상황을 보고한다. 자신의 계획을 작성하고 그 목표에 도달했을 경우 스스로를 칭찬하라.

스트레스의 네 번째 원인:
나는 동료들을 싫어하고 그들도 나를 싫어한다

원래 친구였지만 무심코 던진 몇 마디 때문에 서로 낯을 붉히게 되었다. 지금도 작은 일로 시비를 걸곤 한다.

▶ 해결방법: 자존심을 접고 대화를 시도하라. 먼저 상대에게 말을 걸어 "우리들 사이를 잘 생각해 보았는데 대화를 통해 이런 상황을 바꿔보고 싶네"라고 하는 것도 좋은 방법이다. 만약 갈등이 심각해져 업무에 지장을 받게 된다면 상사나 인사과, 노조의 도움을 청한다. 전문가들은 작은 갈등이라도 소홀히 하지 말고 바로바로 해결하라고 충고한다. 또한 회사에서는 언행에 조심하고 말을 하기 전에 한 번 더 그 결과에 대해 생각해보아야 한다. 뒤에서 불평불만을 늘어놓거나 남의 흉을 보지 않는다면 웬만한 인간관계를 유지할 수 있을 것이다.

스트레스의 다섯 번째 원인 : 가사 일에 시달린다

아이가 아파서 월요일 휴가를 냈다. 주말에 밀린 업무를 보충할 계획이지만 아이를 봐줄 사람이 없다.

▶해결방법: 평형을 찾는다. 완성해야 할 업무를 그 중요도에 따라 나열하고 한 업무를 완성하는 데 필요한 시간이 일의 중요성과 어울리지 않을 경우 적당하게 조절한다. 하루의 일정을 세밀하게 검토하고 남에게 부탁하는 것을 꺼리지 말아야 한다. 또한 가족과 가사를 분담하는 것은 모두의 스트레스를 줄여줄 수 있다.

스트레스의 여섯 번째 원인 : 나의 직업을 좋아하지 않는다

지금 하는 일에 아무런 흥미도 느끼지 못한다. 잔업하기 일쑤이고 상사도 까다롭다. 업무시간에는 별로 할 일도 없다.

▶해결방법: 환경을 바꾸어라. 다른 부서로 옮기거나 한 팀의 다른 동료와 업무를 바꿔보는 것도 일에 활력을 불어넣을 수 있는 하나의 방법이 될 수 있다. 그래도 여전히 문제가 해결되지 않는다면 채용광고를 살펴봐야 할 것이다.

스트레스를 소극적으로 참거나 회피하려 하지 말고 적극적인 자세로 그것을 받아들이고 원인을 해결해야 한다.

8
자아조절

심리학자 필은 말한다.

"삶이 힘겹다고 생각된다면 그 문제점이 어디에 있는지 솔직하게 반성할 필요가 있다. 사람들은 자신이 처한 곤경을 남의 탓으로 돌리거나 불가항력에 의한 것이라고 말한다. 그러나 그것은 자신의 힘으로 통제 가능한 것이며, 그 해결책은 바로 자신에게 있다."

늘 소극적이거나 의기소침해 있으면 점점 더 게을러진다. 이러한 자신을 도울 수 있는 사람은 오로지 자신뿐이다. 생각을 바꾸고 매사에 적극적으로 응한다면 분명히 다시 일어설 수 있다. 적극적으로 자신의 잘못을 반성하고 단점을 발견할 줄 알아야 한다.

완벽한 사람은 없다. 어느 누구도 모든 면에서 한 치의 착오도 없이 완벽할 수는 없다. 단점이 무서운 것은 아니다. 무서운 것은 자신이 무엇이 부족하며 어떤 잘못을 했는지 모르는 것이다. 그로 인해 자신의 결함을 보완하지 못하고 더 이상 진보할 수 없기 때문이다. 반드시 잘못을 고치고 결함을 보완할 수 있는 반성의 시간을 가져라.

자신의 부족함을 발견하라

사전에는 '결함'의 뜻을 '부족하거나 완벽하지 못한 것'이라고 설명하고 있다. 이것은 '장점'과 대립을 이루기도 한다. 결함은 평범한 사람이든 위대한 성인이든 누구에게나 존재한다. 위인의 위대함은 스스로가 잘못할 수 있다는 것을 인정하고 시시각각 자신의 결함을 발견하기 위해 애쓰고 또 그것을 고침으로써 자신의 장점을 날로 늘려나가는 데 있다. 가장 지혜로운 사람은 스스로를 잘 아는 사람이다. 무지한 사람은 자신의 재능을 맹목적으로 과대평가한다. 하지만 우리는 무지한 자신이 어리석은 짓을 하지 않기를 바랄 뿐 다른 사람들이 나와 같은 무지한 인간이길 기대해서는 안 된다.

누구나 잘못을 할 수 있다. 다만, 자신의 잘못이나 결함을 정확하게 인식하고 그것을 고치기 위해 노력해야지 계속 잘못을 고집한다면 돌을 들어 제 발등을 깨는 격이 된다.

1990년, 스탠포드대학교가 국가의 보조금을 연구와 상관없는 곳에 쓰고 있다는 것이 밝혀져 큰 화젯거리가 된 적이 있다. 요트를 구매하거나 총장의 배우자를 위해 연회를 여는 일에 보조금을 썼다는 것이 밝혀지면서 사회적 비난이 일었지만 총장 조세핀은 사과는 커녕 정부의 보조금은 연구와 관련 있는 모든 일에 쓸 수 있다고 변명하였다. 예를 들어 티슈나 식탁보를 준비하고 가정에서 연회를 여는 데 사용하는 것도 간접적인 연구비용에 속한다는 것이었다. 그녀는 심지어 "우리 집의 꽃병에 꽂아둔 한 송이 꽃도 연구와 관련이 있다"고 말했다.

　　그녀의 이 변명은 사회적 이슈가 되었다. 한 직원은 이렇게 말했다. "그녀는 자신이 한 일은 무슨 일이든 모두 정당하다고 생각한다."

　　얼마 후 조세핀은 총장직을 그만두었다.

　　그녀가 총장까지 되었다는 것은 그가 상당한 실력을 갖추었고 또한 학교에 공헌도 컸다는 증거일 것이다. 그러나 그녀가 총장이 될 수 있었던 이유는 능력이나 학교에 대한 공헌 때문이지 학교의 이익을 파괴함으로써 얻어진 것이 아니라는 점을 잊고 있었다. 사람들은 그의 재능에 대해서는 여전히 찬사를 아끼지 않았지만 그들은 결국 그를 버리기로 했다.

　　성공 속에서 득의양양할 때나 실패 속에서 좌절하고 있을 때도 항상 자신을 정확히 알고 있어야 한다.

　　어느 날, 풀이 죽은 모파상이 자신에 방에서 왔다 갔다 하고 있었다.
　　"난 정말 헛살았어!"

"자네, 왜 그러나?"

친구가 묻자 모파상은 책상에 있는 책을 가리키면서 말했다.

"방금 톨스토이의 《이반 일리치의 죽음》을 읽었네."

"톨스토이의 그 소설은 참으로 훌륭하지. 하지만 자네의 소설도 그에 못지않다네."

모파상도 적지 않은 장편소설을 썼고, 특히 그의 단편소설은 아주 훌륭하여 '단편소설의 왕'으로 불릴 정도였다. 하지만 친구의 말에 그는 머리를 흔들었다.

"아니네, 난 아직 많이 부족하다네. 오늘 난 저 소설을 두 번이나 읽었지."

그는 책상 위에 놓인 톨스토이의 소설책을 가리키면서 감격에 찬 목소리로 말을 이었다.

"그동안의 창작이 모두 헛것임을 깨달았네. 내가 쓴 것들은 저에 비하면 너무 보잘 것 없단 말이야."

친구는 크게 놀랐다. 그는 모파상의 스스로에 대한 평가가 실제와 맞지 않다는 걸 알았지만 더 이상 아무 말도 하지 않았다. 그처럼 큰 성과를 이루고도 자신이 부족하다고 생각하는 그 자체가 바로 더 크게 성공할 수 있는 그의 비결이었던 것이다. 그 후 친구는 모파상을 더욱 존경하게 되었다.

모파상이 자신의 글을 '헛것'이라고 한 것은 자신이 글 쓰는 요령을 깨치지 못했다는 의미였다. 물론 그의 말처럼 심각한 상황은 아니지만 이처럼 자신을 반성하고 자신의 부족함을 발견할 줄 아는 정신은 참으로 고귀한 것이다.

단점을 장점으로 승화시켜라

누구에게나 크고 작은 단점이 있다. 그러한 단점은 인간관계와 일에 있어서 큰 걸림돌이 될 수도 있기 때문에 이를 극복하고 장점으로 승화시켜야 한다. 당신이 가장 극복하고 싶은 단점은 무엇인가? 슬픔인가? 실망인가? 공포인가? 화를 내는 것인가? 소극적인 성격인가? 술버릇인가?

이에 대해 성공한 사람들은 이렇게 말할 것이다.

"이 모든 것들은 당신을 실패자로 만들 수 없다."

이 말을 명심한다면 당신은 자신의 가장 취약한 면을 가장 강한 면으로 승화시킬 수 있다.

자신의 단점과 장점을 각기 다른 종이에 적은 다음, 장점을 적은 종이를 잘 볼 수 있는 곳에 붙여둔다. 그것을 보면 언제나 힘이 솟기 때문이다. 그리고 더 이상 수치심을 느끼지 않을 때까지 단점을 적은 종이를 쳐다본다. 그것들을 부정적인 대상이 아니라 자신만의 개성이라 여기며 어떻게 하면 그것들이 나에게 긍정적인 영향을 미칠 수 있도록 할 것인지 생각한다. 물론 일반적으로 결점을 이런 식으로 생각하기에는 어려움이 따른다.

인도의 한 여성이 철이 들면서부터 얼굴에 난 붉은 사마귀 때문에 아주 괴로워했다. 그녀는 사람을 만나는 것이 두려워 집에 손님이라도 오는 날이면 자기 방에 숨어서 나오지도 않았다.

어느 날, 그녀는 '어차피 고칠 수 없는 결함이라면 이것을 이용해보는 것도 괜찮겠다'는 생각을 하게 되었다.

훗날, 그녀는 붉은 사마귀를 가릴 수 있는 화장품을 만들어내는 데 성공하였고, 이 발명으로 부와 명예를 모두 얻은 여성사업가로 변신했다.

시인 에머슨은 "누구나 다 자신의 단점으로 적극적인 배역을 할 수 있다"고 말했다. 이 말은 단점과 장점이 종이 한 장 차이라는 것을 뜻한다. 그것을 고치기 위해 갖은 애를 쓰는 것보다 차라리 그것을 대범하게 받아들이고 최대한 유용하게 활용하라는 것이다. 그야말로 현명한 방법이라 하겠다.

단점을 장점으로 승화시켜 성공한 사례는 연예계에서도 쉽게 찾아볼 수 있다.

러시아의 쿠야스코와는 좋은 목소리를 가지고 있었다. 그녀의 꿈은 가수가 되는 것이었지만 입이 너무 큰데다 덧니까지 있었다.

그녀는 무대에 올라 노래할 때마다 윗입술 아래로 보이는 덧니를 가리느라 아주 조심했다. 스스로는 아주 완벽하게 감추었다고 생각했지만 그녀의 표정은 부자연스러웠다.

어느 날, 한 팬이 그녀에게 솔직하게 알려주었다.

"덧니를 가릴 필요가 없어요. 마음 놓고 입을 크게 벌리세요. 자연스러운 표정을 지으면 관중들도 틀림없이 당신을 더 좋아할 거예요. 그토록 신경 쓰이는 덧니가 오히려 행운을 가져다 줄 수도 있잖아요."

가수가 수많은 관객들 앞에서 자신의 결함을 드러내기 위해서는 자신을 설득할 수 있는 이성과 수치를 이겨낼 수 있는 용기가 필요하다. 그녀는 기꺼이 그 팬의 충고를 받아들였고 더 이상 덧니 때문에 괴로워하지 않았다. 대담하게 입을 벌려 유명한 가수가 되었다.

세상에는 완벽한 일도 완벽한 사람도 없다. 누구에게나 단점이 있고 부족함이 있기 마련이나 그 자체가 문제가 되는 것은 아니다. 무엇보다 자신의 단점을 극복하고 그 속박에서 벗어나는 것이 중요하다. 용기를 내어 단점을 승화시켜 몸과 마음에 자유를 부여함으로써 즐거운 삶을 만들어내야 한다.

베이츠는 유명한 탭 댄서이다. 그는 '나무다리'라는 별명을 갖고 있었다. 어릴 때 한 쪽 다리를 잃었던 것이다. 이런 신체 조건으로 댄서의 꿈을 갖는 사람은 많지 않을 것이다. 그러나 베이츠에게 한 쪽 다리가 없는 것은 단점이 되지 못했다. 오히려 그는 그것을 자신만의 특징으로 바꾸었다. 베이츠는 나무판을 나무다리 아래에 설치

하여 기묘한 탭 댄스를 만들었다. 그리고 사람들의 커다란 호평을 받았다.

아놀드 슈워제네거가 영화배우의 길을 걷기 시작하였을 때 오스트리아 방언이 짙게 배인 그의 발음이 문제가 되었다. 그러나 그 상황은 오래가지 않았다. 그의 방언은 스크린에서 그의 액션과 영웅상과 어울려 묘한 조화를 이루었던 것이다. 그의 발음은 그만의 캐릭터를 만들어주어 사람들은 오히려 그의 발음을 모방하기 시작했다.

자신의 단점을 장점으로 승화시켜라. 그래야만 보다 건강하고 발전된 자신을 만들 수 있다.

시계보다는 나침반을 보라.
얼마나 빨리 가는가 보다
어느 방향으로 가고 있는지가 중요하다.

자아조절을 통해 발전하라

　우수한 사람들이 남보다 뛰어날 수 있는 것은 끊임없이 자신을 조절하고 발전시킬 줄 알기 때문이다. 우수한 인재란 정확하고 예리한 판단력을 갖춘 사람이다. 인간 행위의 방향을 파악하는 것이 곧 판단력이다. 그것은 마치 선박의 나침반처럼 시시각각 배의 방향을 설정해준다. 우수한 인재는 스스로 자신이 나아갈 방향을 조절함으로써 발전을 도모한다.

　매일 저녁 자신의 행위에 대해 냉철하게 반성할 줄 알아야 한다. 잘못한 일을 자신을 연마하는 교훈으로 생각하고, 일을 하기 전에는 항상 심사숙고해야 한다. 그래야만 방향을 잃지 않는다.

　모든 일에 정확한 판단을 내리기란 어렵다. 중요한 것은 냉철하게 자신의 판단이 정확한지를 확인하면서 판단능력을 제고시키는 것이다.

가난한 두 나무꾼이 매일 산에 가서 땔감을 주어 생계를 유지하고 있었다. 어느 날, 산에서 두 보따리의 솜을 발견하였다. 그들은 기뻐서 어쩔 줄 몰랐다. 솜 값이 땔감 값의 몇 배나 되기 때문에 솜 두 보따리면 한 달은 족히 생활할 수 있었다. 그들은 각자 한 보따리씩 메고 집으로 향했다.

　한참을 걷던 중 한 나무꾼이 길모퉁이에서 천 한 보따리가 떨어져 있는 것을 발견하였다. 가까이 다가가 보니 비단이었다. 무려 10필이나 되었다. 기쁜 나머지 같이 온 나무꾼에게 솜 보따리를 버리고 비단을 메고 가자고 했다. 그런데 다른 나무꾼의 생각은 달랐다. 솜 보따리를 메고 이미 많은 길을 걸었는데 여기까지 와서 버리자니 그 전에 한 고생이 헛수고가 되는 것 같아 그냥 솜 보따리를 메고 가겠다고 고집하였다. 비단을 발견한 나무꾼이 아무리 권해도 듣지 않자 할 수 없이 혼자 비단을 지고 집으로 향했다.

　또 한참 걷다가 비단을 짊어진 나무꾼은 숲 속에서 반짝반짝 빛을 내는 무언가를 발견하였다. 가까이 가 보니 황금이 여기저기 흩어져 있었다. 큰 횡재를 했구나 하는 생각에 같이 온 나무꾼더러 등에 진 솜과 비단을 버리고 황금을 주어 담자고 하였다.

　그러나 그는 여전히 솜 보따리를 버리려 하지 않았다. 여기까지 힘들게 지고 온 솜 보따리를 가짜일지도 모르는 황금 때문에 버렸다가 괜히 힘만 빼고 이도저도 다 버리는 꼴이 되기 싫다는 것이었다.

　황금을 발견한 나무꾼은 하는 수 없이 황금 두 단지를 짊어지고 솜을 든 친구와 함께 집으로 향했다. 그들이 산기슭에 도착했을 때 느닷없이 소나기가 쏟아져 두 사람은 비에 흠뻑 젖고 말았다. 불행하게도 빗물에 흠뻑 젖은 솜을 더 이상 질 수가 없었다. 결국 솜을 선택했던 나무꾼은 힘들게 지고 온 솜 보따리를 버리고 빈손으로 집으로 돌아가야 했다.

사람들은 어떤 일을 시작할 때 성공할 수 있는 잠재력을 가지고 있는지의 여부를 정확히 판단해 낼 수 없다. 이때 어떠한 선택을 하는가에 따라 성공 여부가 결정된다. 보통 기회를 앞에 두고 3가지의 선택을 하게 된다. 첫 번째는 단순하고 조용하게 받아들이는 것이고, 둘째는 회의하는 태도로 관조하는 것이고, 셋째는 끝까지 고집을 부리면서 받아들이지 않는 것이다.

인생에서는 중요한 순간마다 자신의 지혜를 최대한 동원하여 정확한 판단을 내리고 적합한 길을 선택해야 한다. 그리고 그러한 선택을 수시로 점검하고 조절해야 한다. 솜 보따리를 선택한 나무꾼처럼 하나의 철학으로 인생의 모든 관문을 통과하려 해서는 안 된다.

대만학자 난화이진(南懷瑾)선생은 이렇게 말했다.

"사람은 세 가지 부류가 있는데, 첫 번째는 지혜로운 영도력을 가진 사람들로 미래에 일어날 변화를 예측하고 사람들을 그 상황에 맞게 대응하여 변화할 수 있도록 이끎으로써 변화의 선두에 서는 사람들이다. 둘째로는 변화에 응하는 사람들로 남이 변하면 나도 따라 변한다. 셋째로는 남이 변해도 여전히 원래의 자리를 고집하고 서있는 사람들이다. 그들은 모든 사람들이 다 지나가고 난 후에 뒤에서 욕만 한다. 이런 부류의 사람들이 의외로 많다. 선거나 사업에서 실패한 그들은 오로지 남을 욕하고 핑계만 댄다. 우리는 변화를 예측하고 변화가 일어났을 때는 이미 변화된 자리에서 기다리는 사람이 되어야 한다."

삶이란 바로 이런 것이다. 새로운 방법을 모색하고 새로운 아이디어를 생각하고 새로운 물건을 창조해 내는 것이다. 부단히 새로운 것을 만들지 않는다면 발전도 없다. 모두가 진보하고 있는데 당신만 발전이 없다면 그것은 곧 당신이 뒤처지고 있음을 의미하며, 사회로부터 도태되고 있음을, 다른 사람에 의해 대체되고 있음을 뜻한다.

마음을 다스려라

마음만 잘 조절해도 사람은 우울함과 공포, 각종 고통을 극복할 수 있다. 마음이 즐거우면 사람은 자연히 즐겁게 된다. 머릿속에 온통 우울한 생각뿐이라면 피곤함을 느낄 수밖에 없다. 무서운 생각은 마음속에 공포를 심어주고, 병리적인 사상은 몸과 마음을 초조하게 만든다. 매일 실패만 생각하는 사람이 성공할 수 있을까? 이미 당신의 생각과 태도에 따라 결과는 어느 정도 정해져 있다.

노만 볼라그는 이렇게 말했다.

"보이는 당신은 진정한 당신이 아니다. 오히려 당신이 생각하고 있는 당신이야 말로 진정한 당신이다."

바로 생각이 인생을 결정한다는 것이다.

심리상태는 사람들의 육체에 예측 불가능한 영향을 준다. 영국의 심리학자 허더즈필드가 다음과 같은 실험을 한 적이 있다.

"세 사람을 선택해 그들의 심리가 생리에 미치는 영향을 테스트 해보았다. 우선 그들에게 온 힘을 다해 악력 측정기를 잡게 하였다. 실험결과 정상적인 상태에서 그들의 평균 악력은 100파운드였다. 그러나 최면술을 이용해 그들이 아주 쇠약해 졌다고 암시하였을 때 는 평균이 29파운드밖에 되지 않았다. 즉 정상 체력의 1/3밖에 되지 않았다. 세 번째는 최면술로 그들 자신이 아주 강하다고 느끼게 하 였을 때 생각지 못한 일이 발생하였다. 그들의 평균 악력은 140파 운드에 달하였다."

심리작용은 이처럼 거대하다. 사람들은 그것을 통하여 생각을 바꾸고 우울함과 공포 그리고 각종 고통을 극복할 수 있을 뿐만 아 니라 자신의 인생도 변화시킬 수 있다.

생각의 위대한 힘을 잘 보여주는 실화가 있다.

마크는 언제나 걱정 속에서 하루하루를 보냈다. 자신의 몸이 허 약해질까 근심했고, 머리카락이 빠지는 것을 걱정하고, 돈이 없어 장가를 들지 못할까 걱정하고, 또 사랑하는 여자 친구를 잃을까 두 려워하고, 자신이 남에게 주는 인상을 걱정하고, 회사에서 해고당 할까 전전긍긍하였다.

상황은 점점 심각해져 얼마 뒤에는 가족들과 대화조차 할 수 없 는 지경에 이르렀다. 그는 하느님을 포함한 세상의 모든 사람들이 자신을 적대시한다고 여겼다. 그의 정신은 이미 붕괴 직전이었다.

마크는 플로리다로 떠나기로 하였다. 환경이 바뀌면 좋아질 수 있을 거라고 생각했던 것이다. 그가 열차에 오를 때 그의 아버지가 쪽지 하나를 건네주면서 도착해서 펼쳐 보라고 하였다. 그가 플로리다에 도착했을 때는 마침 관광시즌인지라 빈 호텔이 없어 작은 창고 하나를 빌려야 했다. 그는 일자리를 찾아보았지만 허사였고 매일 바닷가에서 시간을 보냈다. 집에 있을 때보다도 상황은 더 심각해졌다. 그는 문득 아버지가 준 쪽지가 생각났다. 거기에는 이렇게 씌어 있었다.

"넌 집에서 1,500마일 떨어진 곳에 갔지만 상황이 달라지지는 않았을 것이다. 내말이 옳으냐? 나는 네가 떠날 때 고민도 함께 가져갔다는 것을 알고 있다. 사실 너의 고민은 바로 너 자신에게서 비롯된 것이다. 너로 하여금 의기소침하게 하는 것은 네가 겪은 각종 상황이 아니라 그러한 상황에 대한 네 자신의 생각이다. 생각은 네가 어떤 사람이 되는가 하는 것을 결정해준다. 이를 깨닫는다면 집에 돌아 오거라. 그때 넌 완쾌되어 있을 테니 말이다."

쪽지를 다 읽은 마크는 화가 났다. 그가 바라는 것은 이해였지 명령 같은 것이 아니었다. 그는 평생 집에 돌아가지 않겠다고 다짐하였다. 저녁에 할 일 없이 골목을 돌다가 어느 교회 앞을 지나게 된 그는 발걸음을 멈추고 교회로 들어갔다.

"자신의 마음을 이기는 것은 이 도시를 점령한 것보다 더 위대하다."

누군가가 이렇게 말하고 있었다. 순간 그는 형용할 수 없는 힘을 얻게 되었다. 그 힘은 그의 마음속에 자리 잡고 있던 검은 구름들을 모두 밀어내었다. 지금까지 그렇게 개운한 기분을 가져본 것은 처음이었다. 그는 자신을 바로 볼 수 있게 되었다.

일주일 후, 마크는 원래의 직장으로 돌아갔다. 4개월 후, 그는 줄곧 잃을까 걱정하던 여자 친구를 아내로 맞이하였다. 지금은 450여 명의 부하직원을 거느린 애니메이션 회사의 주관으로 일하고 있으며 그의 생활은 점점 아름답게 변해가고 있다.

이 이야기는 행복이 우리가 처한 환경이나 종사하고 있는 구체적인 일들에 의해 결정되는 것이 아니라 결국 모든 것은 우리의 마음에 달려 있음을 잘 보여준다.

프랑스의 철학가 몽테스큐는 아래와 같은 말을 일생의 좌우명으로 삼았다.

"사건 자체는 사람에게 위험하지 않다. 위험한 것은 사건을 대하는 사람의 태도이다."

실용심리학자 웰리엄 제임스는 이런 결론에 도달했다.

"행동은 마치 생각을 따라가는 것과 같다. 행동과 생각은 병행하는 것이다. 의지로 행동을 통제하면 간접적으로 생각도 통제하게 된다."

다시 말해서 우리는 마음먹은 즉시 정서를 바꿀 수 없지만 행동을 바꿀 수는 있다. 한번 실험해 보라. 먼저 밝은 미소를 짓고 어깨의 긴장을 풀고 크게 심호흡을 한다. 그 다음 노래를 부른다. 노래할 줄 모르면 휘파람을 분다. 휘파람을 불 줄 모르면 흥얼거린다. 그러면 바로 웰리엄 제임스가 말한 바를 알게 된다. 이러한 동작이 즐거움을 만들어낸다면 당신은 우울함에서 벗어날 수 있다. 얼마나 간단한가?

캘리포니아의 어떤 과부는 자신의 상황을 얘기할 때마다 수심에 가득 찬 얼굴로 언제나 이렇게 말했다.

"지금 저의 슬픈 마음을 어떻게 표현하면 좋을지 모르겠습니다."

그녀는 늘 하늘을 원망하고 남을 원망했다. 사실 그녀의 남편은 그녀에게 많은 유산을 남겨주었고, 아이들은 모두 가정을 이뤄 그녀와 함께 생활하고 있었다. 그런데도 그녀의 얼굴에서는 웃음을 찾아볼 수 없었다. 그녀는 인색한 사위들이 불만이었고, 선물을 사주지 않는 딸들이 원망스러웠고, 자신의 장례비를 위해 얼마의 돈을 저축해야 할지 걱정했다. 불행과 원망 속에 빠져 있는 그녀야 말로 가정의 불행을 만들어가고 있는 장본인이라는 사실을 알 리 만무했다.

그녀가 마음을 바꾸었다면 사람들의 미움만 사는 불쌍한 노파가 아닌 존경과 사랑을 받는 연장자로 바뀌었을 것이다. 그러기 위해서는 제일 먼저 그녀 스스로가 즐겁게 변해야 한다.

인디언 안고라는 바로 이러한 도리를 알았기 때문에 즐겁고 행복하게 살 수 있었다. 10년 전, 그는 성홍열(猩紅熱)에 걸렸다. 병이 낫고 얼마 지나지 않아 또 신장병에 걸렸다. 명의라는 명의를 찾아다니면서 갖은 처방을 써 보았지만 아무런 효험도 보지 못했다. 집에 돌아와 보험금이 모두 바닥났다는 것을 확인한 그는 하느님 앞에서 가정에 불행을 가져온 자신을 책망하였다. 그렇게 일주일을 자책하면서 지내던 그는 정신을 차렸다.

'난 참 바보구나, 어쩌면 1년은 더 살 수 있을 지도 모르는데 왜

남은 시간을 즐겁게 보내지 않고 이렇게 보내고 있는 거지?'

"나는 가슴과 어깨를 펴고 얼굴에 웃음을 지어보았다. 모든 것이 순조로울 것 같았다. 처음에는 부자연스러웠지만 즐거운 척 하면서 기운을 내고 생기와 활기를 회복하였다. 그리고 상황은 점점 좋아졌다. 무덤 속으로 향하던 나는 지금 행복하고 건강한 생활을 하고 있다. 지금도 가끔 생각한다. 만약 그때 절망 속에서 빠져나오지 못했더라면 아마 의사의 말처럼 얼마 지나지 않아 저승사자를 만났을 것이다. 그러나 나는 나 자신에게 의지를 되찾을 기회를 주었고, 마음을 바꿔 현실을 받아들이면서 새롭게 태어났다."

즐거운 마음과 적극적인 태도가 사람의 생명도 구할 수 있다면 우울해 있을 이유가 무엇인가? 긍정적인 마음가짐과 즐거운 행동들이 행복을 불러온다면 굳이 자신과 주변 사람들을 불행 속으로 끌고 갈 이유가 무엇인가?

9
처세술

　처세술은 인간으로 살아가는 구체적 표현이므로 기본적인 처세술은 알고 있어야 한다. 은혜를 갚는 것은 처세의 기본이다. 그리고 진심으로 사람을 대하고 내가 원하지 않는 일을 다른 사람에게 강요하지 말 것이며 타인의 반감을 쌓는 일은 금해야 한다.

은혜를 갚을 줄 알라

살다보면 누구나 도움을 주고받기 마련이다. 은혜를 알고 은혜를 갚는 것은 양심의 문제인 동시에 처세의 기본원칙이기도 하다.

다음은 유명한 결초보은(結草報恩)에 대한 이야기이다.

춘추시대 진(秦)나라 환공(桓公)이 진(晉)나라를 정벌하기로 하였는데, 진(晉)나라 대부 위과(魏顆)가 군사를 이끌고 나가 적을 물리치고 진(秦)의 명장 두회(杜回)마저 생포하였다.

사실 위과는 두회를 물리칠 만한 능력이 없었다. 그런데 전장에 한 노인이 나타나 풀들을 매듭지어 두회의 말을 넘어뜨려 그를 사로잡을 수 있었다.

이 노인은 누구일까? 그날 저녁 위과는 꿈에서 노인을 만났는데 그는 이렇게 말했다.

"내 딸은 자네 부친의 첩이었네. 당신의 부친이 임종할 때 딸아이를 함께 순장시켜 줄 것을 유언했지만 자네는 부친의 유언에 따르지 않고 그 애를 재혼시켜주었네. 내 딸을 구해준 고마운 마음을 항상 잊지 않고 있었지. 오늘 전장에서 두회를 생포할 수 있게 도와준 것은 그 은혜에 대한 보답일세."

'밥 한 끼의 은혜'라는 이야기도 있다.

한신(韓信)은 젊었을 때 집이 매우 가난하였다. 하지만 그는 학문도 장사에도 능하지 못해 늘 남의 집에서 끼니를 때우거나 아예 구걸을 하였다. 사람들은 놀고먹는 젊은이를 싫어하였다.

한번은 한신이 낚시를 하고 있었는데, 반나절이 지나도록 한 마리도 낚지 못하고 배만 고팠다. 그때 근처에서 빨래하던 노파가 그에게 밥 한 그릇을 건네주었다. 고마운 마음에 한신은 "제가 꼭 백배로 보답하겠습니다"라고 말하자 노파는 화를 내며 이렇게 말했다. "대장부로 태어나 자기 배도 채우지 못하는 네가 불쌍해서 준 것이다. 보답 같은 것은 바라지도 않는다."

훗날, 한신이 유방(劉邦)의 중용을 받아 초왕이 되자 그는 즉시 고향에 내려가 자신에게 밥 한 공기를 주었던 노파에게 금 만 냥을 선물했다.

이 두 이야기는 수천 년을 전해 내려오면서 사람들에게 은혜의 도리를 말해주고 있다. 이 외에도 은혜 갚는 이야기는 무궁무진하다. 은혜를 갚는 것이 인간의 가장 기본적인 도리임을 우리는 무수히 많은 이야기를 통해 배워왔다.

물 한 방울의 은혜도 샘으로 갚으라 했다. 이는 처세술의 깊은 뜻을 말해준다. 상대방의 호의에 대한 마음 깊은 보답은 한 사람의 정직과 소박함과 선량함을 말해줄 뿐만 아니라 그 사람에게 신의가 있음을 말해주기 때문이다. 세상을 살아가면서 은혜를 아는 사람이라는 칭찬을 듣는다면 그야말로 최고의 찬사가 아니겠는가? 반대로 자기 이익만 따지고 은혜를 모르는 소인배들은 사람들의 질책의 대상이 될 것이다.

셰익스피어는 이렇게 말했다.

"나는 거짓말과 허영과 훼방과 술주정 그리고 기타 인간의 나약한 마음속에 존재하는 각종 악덕을 가진 자보다 배은망덕한 사람을 훨씬 더 증오한다."

동서고금을 막론하고 은혜에 대한 사람들의 생각은 똑같다는 것을 보여주는 말이다.

내가 원하지 않는 것을 강요하지 마라

"내가 원하지 않는 것을 타인에게 강요하지 마라."
공자의 이 말은 인간의 도덕적 수양을 말해주는 동시에 처세의
원칙이기도 하다.

전국시대, 양(梁)나라와 초(楚)나라는 서로 인접해 있었는데, 그들
은 모두 변경에 초소를 세우고 병사들에게 각자 영역에서 수박농사
를 짓게 했다. 양나라 수박밭에는 병사들이 매일 물을 주고 잡초를
뽑아 큰 수박이 주렁주렁 열렸다. 하지만 초나라 병사들은 게을러
수박이 보잘 것 없었다. 초나라 병사들은 이를 부끄럽게 여겨 달이
없는 어두운 밤에 양나라 수박밭에 들어가 줄기를 모두 잘라버렸
다. 이튿날 이를 발견한 양나라 병사들은 격분하여 현령 송취(宋就)
에게 이 사실을 보고했다.

"그래서 우리도 그들의 수박줄기를 끊어버리자는 말인가? 그것은 안 되지. 우리는 그들이 이 같이 행동하는 것을 원치 않았다. 그런데 원치 않았던 일을 우리가 해야 한단 말인가? 그들의 잘못을 따라하는 것은 우리가 속 좁다는 것을 말해줄 뿐이다. 병사들은 이제부터 내 말을 잘 들어라. 오늘 저녁부터 매일 그들의 수박밭에 들어가 물을 주고 김을 매서 수박이 잘 자라도록 해라. 그리고 이 사실을 절대 그들이 알게 해서는 안 된다."

병사들은 송취의 말에 일리가 있다고 생각하여 그가 시키는 대로 하였다. 초나라 병사들은 자신들의 수박밭이 하루가 다르게 무성해지는 것을 이상하게 여기고 관찰해본 결과 매일 밤마다 양나라 병사들이 물통을 들고 건너온다는 것을 알게 되었다. 이 소식을 들은 초나라 현령은 부끄럽기도 하고 존경스럽기도 하여 초왕에게 이 사실을 보고했다. 초왕은 양왕에게 특별히 예물을 보내 감사의 뜻과 사죄의 마음을 전했다. 그리하여 두 나라는 사이좋은 우방국이 되었다.

자신을 대하는 마음으로 타인을 헤아리고, 내가 싫은 것은 절대 타인에게 떠넘기지 않는 원칙으로 일 처리를 한다면 신의를 쌓고 대의를 이룰 수 있다.

일상의 작은 일을 처리함에 있어서도 이와 다르지 않다. 어떤 사람은 모든 일에 많은 규범과 법칙을 만들어 자신을 속박하고 행동을 지극히 조심하는데 이는 역효과를 가져오기 십상이다. 차라리 내가 원하지 않는 것을 다른 사람에게도 강요하지 말자는 원칙을 세우고 상대의 입장에서 남을 헤아린다면 의외로 좋은 결과를 가져올 수 있다. 이기적인 사람은 다른 사람을 위하는 방법을 모르며 모든 것이 자기중심적이고 말과 행동은 상대의 감정을 헤아리지 않는다. 이로 인해 남에게 해를 입히고 사람들의 질책과 미움을 사게 된다. 결국 그들은 남은 물론 자기도 손해를 보는 결과를 초래하고 만다.

'내가 원하지 않는 것을 상대에게 강요하자 말라'는 도리를 모르는 사람은 가는 곳마다 미움을 받기 마련이며 결국 혼자 고립되고 만다.

이씨는 농담을 좋아하는데 특히 동료들과의 농담이 심한 편이었다. 늘 말이 많은 이씨에 대해 동료들은 그러려니 하며 무심하게 대하였다.

그러던 어느 날 회사에 신입 여직원 유씨가 들어왔다. 그녀는 갓 대학을 졸업한 미혼이었는데, 이씨는 그녀가 좋아하거나 말거나 전혀 개의치 않고 거침없이 그녀에게 농담을 했다. 내용은 대부분 그녀와 회사 남자 직원들을 엮는 이야기였다. 미혼인 유씨는 그런 이씨의 농담이 귀에 거슬릴 수밖에 없었고 그를 미워하기 시작했다. 복수하기로 결심한 그녀는 우선 이씨가 사는 아파트 밑에 가서 그의 이름을 크게 불러 이씨의 아내가 의심을 하게 만들었다. 그 다음 이씨의 집으로 전화를 걸어 아내가 받으면 아무 말도 하지 않고 전화를 끊어버렸다. 만약 이씨가 직접 전화를 받으면 특별한 용건이 있는 것이 아니라 자신의 월급을 대신 받아줄 수 있느냐와 같은 말만 했다. 이렇게 되자 이씨는 아내와 부부싸움 끝에 머리에 상처까지 입게 되었다. 이튿날, 이씨는 왜 이러는지 유씨에게 이유를 따져 물었다.

"다른 뜻은 없어요. 그냥 재미삼아 해본 거예요."

이씨는 할 말을 잃고 말았다.

농담을 좋아하는 이씨는 회사의 분위기를 띄워주고 동료들 사이의 친근감을 더해주는 존재였다. 하지만 그의 지나친 농담은 자신이 원치 않는 것을 상대에게 강요하는 격이 되었으며, 원칙에 어긋난 행동은 결국 동료의 복수를 초래했던 것이다.

인간관계에 있어서 '내가 원치 않는 것은 남에게 강요하지 마라.' 는 원칙을 반드시 지켜야 한다. 자신을 가늠하는 기준으로 다른 사람을 헤아리고, 자신이 싫어하는 것을 타인에게 떠넘기지 않는 것이야 말로 진정한 처세술이다.

상대의 마음을 움직이고 싶다면
우선 그의 말을 경청하고
상대가 "네"라고 말할 수 있는 주제로 이야기하라.

화목하게 지내라

　직장은 전쟁터와 같아 언제 어디서 '함정'에 빠지게 될지 모른다. 직장에서 처세의 고수가 되고자 한다면 다양한 사람들과 화목하게 지내는 법을 배워야 한다.

상사 : 우선 존중하고 나중에 자신의 의견을 말하라

　어떤 상사든 그 위치에 있다는 것은 다른 사람들보다 우월한 면이 있음을 말한다. 그들의 풍부한 업무경험과 원활한 인간관계에는 보고 배울 만한 것들이 많기 때문에 부하 직원은 그들의 과거와 업적을 존중해줄 필요가 있다. 하지만 모든 상사가 다 완벽할 수만은 없는 만큼 상사의 명을 무조건 따를 필요 또한 없다. 이때 상사에게 자신의 의견을 말하는 것은 업무의 연장일 뿐이라는 점만 기억하면 된다. 자신의 부족함을 극복하고 스스로를 업그레이드시켜 발전을 도

모하는 것이 진정한 목적이 되어야 한다. 상사로 하여금 기분 좋게 당신의 의견을 받아들이게 하고 서로 존중하는 분위기에서 의견을 교환하는 것은 물론 상사에게 질의 또는 의견을 말할 때는 사전에 반드시 설득력 있는 자료를 준비하고 치밀한 계획을 세워야 한다.

동료: 최대한 이해하고 격려하라

동료들과 오랜 시간 함께 지내다 보면 서로의 취미나 생활에 대해 어느 정도 알게 된다. 같은 동료로서 상대가 자신에게 충성할 것을 바라는 것은 무리이다. 오해와 논쟁이 생길 경우 절대 감정적으로 상대의 사적인 부분을 끄집어내서는 안 된다. 어떤 경우든 뒤에서 동료에 대해 나쁜 말을 하는 행위는 상대의 인격을 모독하는 동시에 자신의 이미지를 훼손시키는 행위로 다른 동료들의 경계와 미움만 사게 된다. 동료가 하는 일에 대해서는 신중한 지지를 보내야 한다. 다만, 그 지지는 상대의 견해를 받아들이는 것을 말한다. 맹목적인 지지는 오히려 사내에서 편 가르기 의혹을 받을 수 있기 때문에 상사들의 신임을 저버릴 수 있다.

부하직원: 그들의 말에 귀를 기울여라

직장에서든 일상생활에서든 사람은 직급이 다를 수는 있지만 인격은 평등하다. 부하직원을 돕는 것은 사실 자신을 돕는 것이다. 부하직원들이 능력을 발휘하여 성과를 올리면 상사인 자신이 더욱 존중을 받고 빛나게 되는 것이다. 부하직원들에게 귀를 기울이면 그들의 생각과 업무상의 문제점들을 알 수 있어 유익한 정보를 수집하고 효율적인 관리 방법을 마련하는 데 도움이 된다.

미국의 한 유명회사 관리자는 다음과 같은 말을 한 적이 있다.

"관리자와 부하직원 사이에 갈등이 있어 관리자가 직원의 의견을 무시하고 직원이 관리자의 지휘를 듣지 않을 경우, 회사가 가장 먼저 취하는 조치는 그 관리자를 해고하는 일이다."

경쟁자 : 웃는 얼굴로 대하라

우리는 직장이나 일상생활에서 이런저런 경쟁자를 만나게 된다. 많은 사람들이 경쟁자를 시시각각 경계하고 심할 경우 기회를 노려 상대를 짓밟아버리기도 한다. 이러한 극단적인 행동은 서로의 장벽을 더 높이 쌓아올리고 긴장된 분위기를 조장하여 업무처리에 백해무익하다.

한 단체에서 모든 성원들의 역할은 똑같이 중요하며 동시에 모든 사람들은 자신만의 빛나는 부분이 있다. 때문에 어떤 면에서 자신이 동료보다 뛰어나다고 하여 상대를 얕보지 말아야 한다. 상대는 열심히 노력하고 있으며 나날이 자신의 단점들을 채워가고 있다. 그리고 상대가 자신보다 우월하다 하여 질투하거나 그가 하는 일을 방해하지 말아야 한다. 경쟁자가 당신을 난감하게 만들었다 하더라도 웃는 얼굴로 그를 대하며 모든 정력을 자신이 해야 할 업무에 집중하라. 경쟁자를 웃는 얼굴로 대한다는 것은 당신의 넓은 도량의 표현이다. 어쩌면 당신이 웃는 동안 상대는 이미 마음속으로 당신에게 백기를 들지도 모른다.

좋은 인간관계를 만들어라

　성공한 사람들에게는 하나의 공통점이 있는데 바로 인간관계를 잘 유지한다는 것이다. 그들은 타고난 소질이라도 있는 것처럼 사람을 대하는 기교가 능수능란하다. 다른 사람들의 생각에 영향을 미치는 방법을 배워라.

　똑똑하지만 승진과 출세의 기회를 얻지 못하는 사람들이 있다. 그들의 생활은 언제나 메마르고 고독하며 무기력하다. 가장 큰 원인은 바로 좋은 인간관계를 수립하지 못했기 때문이다. 실패는 인간관계에서 비롯되기도 한다.

　좋은 인간관계를 만들지 못하는 가장 근본적인 원인은 자신을 너무 소중히 생각하고 좁은 소견 속에 갇혀서 다른 사람들 또는 집단의 중요성 알지 못하기 때문이다.

　카네기는 이렇게 말했다.

"한 사람이 성공하는 데 필요한 기능 중 85%는 인간관계이다. 즉 다른 사람과 사귀고 협력하는 능력과 품성에서 비롯된 것이 85%이고, 나머지 15%만이 기타 기술적인 훈련을 통해 이루어지는 것이다."

화려한 인간관계를 맺을 수 있는 것은 모든 사람들의 희망일지도 모른다. 하지만 그러한 희망을 이룬 사람은 많지 않다. 때문에 사람들은 세상이 점점 진실과 관심과 사랑을 잃어가고 있다는 생각을 하며 혹독한 고독과 외로움 속에서 허덕인다. 친구가 적은 것은 사람들과의 교류과정에서 소극적이고 피동적으로 우정과 사랑이 다가오기를 마냥 기다리고만 있기 때문이다. 그리하여 사람들로 북적거리는 세상을 살면서도 마음속의 외로움을 떨쳐버리지 못한다. 이런 부류의 사람들은 인간관계를 만들어 감에 있어서 영원히 호응만 할뿐 주도자는 될 수 없다. 사람을 얻기 위해서는 적극적으로 사람들과 교류해야 한다.

인간관계를 시작하는 것보다 그것을 유지하는 것이 더 어렵다. 당신이 사람들에게 좋은 인상을 남겼다 하더라도 시간이 흐름에 따라 처음의 인상은 점차 변화될 수 있다. 자신이 애써 감추고자 했던 것들이 폭로되었을 때, 친구와 충돌이 생겼을 때 우리의 인간관계는 고난을 겪게 된다. 기존에 맺어둔 인간관계를 온전히 유지하기 위해서는 기교가 필요하다.

공연한 논쟁을 벌이지 마라

대부분의 젊은이들은 논쟁하기를 즐기는데 이는 매우 정상적인 것이다. 하지만 그러한 논쟁의 결과로 서로 얼굴을 붉히거나 좋지 않게 끝나는 경우가 많다. 논쟁에서 지는 사람은 기분이 좋지 않을 것이며, 더욱이 그러한 논쟁이 인신공격으로 발전될 경우 그것은 인간관계를 만드는 데 있어 아주 불리하게 작용한다. 서로 다른 견해를 해결하기 위한 가장 좋은 방법은 서로 토론하고 협상하는 것이지 논쟁을 벌이는 게 아님을 명심하라.

자신의 잘못을 인정하라

잘못을 인정하는 것은 자신의 부정적인 모습을 직시하는 것으로 스스로의 심적 부담을 덜어주기도 한다. 잘못한 것을 알면서도 그것을 인정하지 않는다면 우리는 그로 인해 무거운 심적 부담을 느끼게 되며 사람들 앞에서 떳떳하게 머리를 들 수 없게 된다. 다른 의미에서 자신의 잘못을 인정하는 것은 곧 다른 사람에 대한 인정으로, 상대로 하여금 쉽게 용서를 베풀 수 있도록 한다.

여지를 남겨라

어떤 일을 하든 일정한 여지를 남겨두고 극단적인 조치를 삼가야 한다. 극단적인 감정을 억누르고 도에 지나친 일을 삼가야만 성공의 길에서 한결 자유로울 수 있다.

태양의 신 아폴로의 아들 파에톤이 호화롭게 장식된 태양마차를 몰고 좌충우돌하며 질주하고 있었다. 절벽 가까운 곳에서 그는 달마차가 앞에 서 있는 것을 발견했다. 달마차가 후퇴하려고 하자 파에톤은 힘이 센 자신의 마차를 달마차의 꽁무니에 밀착시켰다. 위기에 처한 달마차를 보면서 파에톤은 웃으며 좋아했다. 하지만 그러는 사이 자신 역시 위험에 빠지고 말았다. 앞은 낭떠러지였고 이미 마차를 돌릴 만한 공간도 남겨두지 않았기에 후퇴할 공간조차 없었다. 결국 그는 불바다 속으로 추락하고 말았다.

어떤 일을 함에 있어서 반드시 여지를 남겨야 하며 절대로 상대를 궁지로 몰고 가서는 안 된다. 우리는 모든 일이 고정된 한 방향으로 극단적으로 발전하지 않도록 수시로 상황을 판단하고 발생할 수 있는 모든 가능성들을 고려해 충분한 여지를 남기면서 융통성 있게 조치를 취해야 한다.

말을 함에 있어서도 여지를 남겨 뜻밖의 변수가 생기더라도 체면을 살릴 수 있어야 한다.

왕씨는 신문사에서 일을 했는데 한번은 자신의 취재업무를 동료에게 부탁했다. 이것은 아주 어려운 취재였기에 상황을 동료에게 상세히 설명하려고 했지만 동료는 주먹으로 자신의 가슴을 두드리면서 "걱정 마, 내가 누군가. 자네가 만족할 수 있게 해줄게"라고 하는 것이었다. 3일 후, 왕씨는 동료로부터 아무런 소식이 없자 어떻게 진행되고 있는지 물어봤다. 그제야 동료는 얼굴을 찌푸리면서 말했다.

"그게 생각보다 쉽지가 않아서…."

처음부터 취재가 쉽지 않을 것이라고 예상하기는 했지만 왕씨는 동료의 경솔한 자신감에 반감이 생겼다. 하지만 동료가 끝까지 취재를 잘 마무리 하도록 그를 격려할 수밖에 없었다.

많은 일들은 우리가 생각하지 못한 방향으로 발전하고 가끔은 그 원인을 파악하기조차 어렵다. 때문에 경솔하게 단언하여 한 치의 여지도 남기지 않는다면 변수가 생겼을 때 만회할 수 있는 기회마저 잃게 된다.

이씨와 동료는 작은 트러블로 인해 서로 불편한 사이가 되었다. 당시 그는 동료에게 "오늘부터 우린 서로 모르는 사람이니 절대 서로 부딪치는 일이 없었으면 좋겠네"라고 당당하게 말했다. 하지만 두 달 후, 동료가 승진하여 그의 상사가 되어버렸다. 그리고 극단적인 말을 했던 이씨는 결국 사표를 낼 수밖에 없었다.

극단적인 발언으로 인해 궁지에 몰리게 되는 사례를 흔히 볼 수 있다. 극단적인 발언은 마치 물을 가득 채운 컵과 같아서 한 방울만 더 부어도 물이 밖으로 넘치게 된다.

모든 일에는 변수라는 것이 존재하는 만큼 여지를 남겨두는 것은 바로 그러한 변수를 수용하기 위함이다. 일과 말에 여지를 남겨두면 변수로 인해 체면 깎이는 일 없이 여유 있는 마음으로 우회하여 나아갈 수 있다.

유명인들은 기자회견을 할 때 애매모호한 어휘 즉, '아마, 최대한, 생각, 혹시, 논의' 등을 자주 사용한다. 그들은 바로 이러한 어휘를 사용함으로써 자신의 발언에 여지를 남겨두고자 하는 것이다. 그래야만 혹시 변수가 생겨 약속을 지키지 못하게 되더라도 난감해지지 않기 때문이다.

그렇다면 우리는 어떻게 자신에게 여지를 남길 것인가?

일을 할 때

다른 사람의 부탁은 들어주되 "무조건 ~해줄게"와 같은 말 대신 "최대한 ~해보겠다"는 말을 사용하라. 상사가 시키는 일은 당연히 하되 "문제없습니다" 대신 "아마 문제없을 것입니다. 최선을 다하겠습니다."로 바꿔라.

이러한 대답은 당신의 성의를 표시하는데 전혀 손색이 없을 뿐만 아니라 상대에게 당신이 매우 신중한 사람이라는 인상을 줄 수 있다. 상대는 오히려 그러한 당신을 더 신임할 지도 모른다. 그리고 결과가 좋지 않다 하더라도 당신을 원망하거나 질책하지 않을 것이다.

인간관계에 있어서

좋지 않은 관계라 하더라도 절대 '절교' 등의 극단적인 말은 금물이다. 어느 쪽이 잘못을 했든 말을 아끼는 것이 가장 좋은 방법이다. 그래야만 향후 혹시 서로 협조할 일이 생기더라고 덜 난감하고 덜 불편하다. 또한 상대에 대한 너무 빠른 판단과 결론은 금물이다. "이 사람은 끝장이야", "저 사람은 출세하기 글렀어" 따위의 말은 절대 금물이다. "저 사람은 앞날이 창창하다"거나 "능력이 좋아서 평생 걱정 없을 거야"와 같은 평가성 발언도 삼가는 것이 좋다.

일이나 말을 할 때는 극단적인 행동으로 인해 궁지에 몰리는 일이 없도록 가능한 여지를 남겨 진퇴할 수 있게끔 하라. 그래야만 효과적으로 복잡한 문제들을 풀어나갈 수 있다. 동시에 어떤 상황에서든 상대를 지나치게 궁지에 몰아넣지 말고 그에게도 여지를 남겨주어라. 이는 서로의 발전에 모두 유익하다.

10
양보

모든 일을 무조건 강하게 밀고 나가지 마라. 크게 성공한 사람들도 처음에는 취약한 사람이었다. 아직 조건이 성숙되지 않았다면 자신의 야심을 적당히 감추고 겸손하게 시기를 기다려라. 필요에 따라 한 발 물러서는 법을 배우면 성공을 향해 한 발 더 나아갈 수 있다. 허리 굽혀 양보할 줄 아는 것은 인생에서 매우 중요한 역할을 한다.

체면을 내려놓고 기회를 기다려라

    체면을 내려놓을 줄 아는 사람은 현명하다. 그들은 인내와 기다림으로 기회를 획득한다.

    유비는 그러한 방법으로 목숨을 보존하고 결국 자신의 나라를 세웠다.

    유비가 조조에게 의탁한 후, 두 사람은 각자 계략을 꾸미고 있었다. 유비는 채소밭을 가꾸면서 직접 물을 주고 김을 매면서 조용히 지냈다. 그는 자신이 이토록 평범하고 야심이 없는 사람이니 경계할 필요가 전혀 없다는 메시지를 전하고자 했던 것이다. 고지식한 관우나 장비는 이러한 유비의 속셈을 알지 못했다. 그들은 누차 이렇게 한가하게 농사나 지을 것이 아니라 천하의 대사에 관심을 가지라고 권고했으나 그때마다 유비는 "이는 너희들이 알 수 있는 것이 아니다"라고 답했다.

하루는 관우와 장비가 없는 틈을 타서 조조가 유비를 불렀다. 유비는 불안감을 감추지 못했지만 거절할 수 없었기에 심부름 온 사람을 따라 조조를 만나러 갔다. 웃음 속에 칼을 감춘 조조가 "농사나 짓고 있다니 참으로 어려운 결심을 했군요"라고 하자 유비는 "할 일이 없으니 농사나 지으면서 시간을 보내는 것이지요"라고 답했다. 조조는 유비를 음식과 술이 마련된 정자로 데리고 갔다. 두 사람은 마주앉아 마음을 털어놓고 술잔을 기울였다.

취기가 올 즈음에 갑자기 하늘에 먹구름이 덮이더니 당장이라도 비가 쏟아질 듯했다. 한 신하가 하늘을 가리키며 용이 나타났다고 하였다. 그러자 조조가 유비에게 물었다.

"용의 변화를 알고 계십니까?"

"정확히는 모르고 있습니다."

그러자 조조는 "용은 변화무쌍해서 하늘의 구름을 모두 토해낼 만큼 클 수도, 한 점의 구름 뒤에 숨을 수 있을 만큼 작을 수도 있습니다. 또한 하늘로 솟아 우주를 뒤덮을 수도, 잔잔한 파도 속에 얌전히 누워 있을 수도 있지요. 지금은 봄이 깊어가고 있는 시기라 용이 시기에 맞춰 변화를 일으키고 있는 것인데, 마치 사람이 출세하여 세상 곳곳을 누비는 것과 흡사하지요. 때문에 용이 세상의 영웅들에 비유되는 것입니다. 오랫동안 세상을 누비며 다녔으니 지금의 진정한 영웅이 누구인지 알고 있으리라 믿습니다. 한번 들어보고 싶군요"라고 했다.

"눈이 어두운데 어떻게 영웅을 알아보겠습니까?"

"너무 겸손하시군요."

"저는 지금 승상 덕분에 이렇게 조정의 관원으로 있긴 하지만, 천하의 영웅에 대해서는 정말 아는 바가 없습니다."

"그들의 얼굴은 모르더라도 소문을 들어봤을 것 아닙니까?"

더 이상 모른 척 할 수 없게 된 유비는 회남의 원술(袁術) 화북의 원소(袁紹)와 유표(劉表), 강동의 손책(孫策), 익주의 유장(劉璋), 장수(張繡), 장노(張盧), 한수(韓遂) 등을 거론했으나 조조는 이들을 모두 부정했다. 그러자 유비는 "이들이 아니라면 저로서는 더 이상 꼽을 만한 인물이 없네요"라고 했다.

그러자 조조는 "영웅이라 함은 가슴에 큰 뜻을 품고 배에는 큰 계략을 담아 우주를 개변시킬 만한 기회를 기다릴 줄 아는 사람을 말하는 것이오"라고 하였다.

유비가 "그럼 누가 과연 이 시대의 영웅이란 말입니까?" 하고 묻자, 조조는 유비를 가리키고 또 자신을 가리키며 "지금 천하의 영웅은 오직 당신과 나 뿐이오"라고 했다.

조조가 무심한 듯 내뱉은 이 말들은 사실 유비를 떠보기 위함이었고, 나아가 자신의 이러한 판단이 옳다는 판단이 선다면 그를 죽이려던 참이었다. 유비에게 있어서는 위기일발의 순간이었다.

조조가 자신의 진면목을 알아보자 유비는 속으로 크게 당황했다. 그동안의 '체면 버리기' 계략이 정녕 조조를 속이지 못했단 말인가. 정말 그렇다면 그 어떤 변명도 모두 무용지물이었다. 긴장한 유비는 손에 들고 있던 수저를 땅에 떨어뜨리고 말았다. 이때 마침 큰 천둥소리와 함께 폭우가 내리기 시작했다. 유비는 천천히 머리를 숙여 떨어진 수저를 주우며 이렇게 말했다.

"우레 소리가 이처럼 클 줄이야. 놀라서 그만 수저를 떨어뜨리고 말았습니다."

"남자가 우레 소리도 두려워한단 말이오?"

"성인군자도 벼락을 보면 낯 색이 변한다고 했거늘 저라고 다를 바가 있겠습니까."

조조는 천둥소리에도 놀라는 유비를 더 이상 영웅으로 생각하지 않았고 다시는 그를 의심하지 않았다.

큰 일이나 사소한 일을 막론하고 조건이 불리하다면 체면을 내려놓고 힘을 축적함으로써 때와 기회를 기다려야 한다.

잘못을 인정하라

카네기는 레즈라는 사냥개를 데리고 공원에서 산책하는 것을 좋아했다. 공원에서 사람을 만나는 일도 별로 없었지만 레즈는 매우 순해서 사람을 공격하는 일이 없었다. 때문에 카네기는 종종 레즈에게 목줄과 마스크를 착용시키지 않았다.

그러던 어느 날, 공원에서 경찰을 만났다.

"선생님, 왜 개에 목줄을 착용시키지 않고 이리저리 뛰어다니게 하십니까? 게다가 마스크도 채우지 않은 채로 말입니다. 이것은 법을 어기는 것이라는 것을 모르십니까?"

"아. 네, 알고 있습니다." 카네기는 작은 목소리로 말했다.

"하지만 제 생각에 레즈가 사람을 물거나 하는 일은 절대 없을 것입니다."

"당신이 생각하기에! 당신이 생각하기에! 법은 당신이 어떻게 생각하는지 상관하지 않습니다. 개가 다람쥐를 물어죽일 수도 어린 이를 공격할 수도 있습니다. 이번에는 그냥 보내드리지만 다시 어기면 그때는 법원에 가서 변명을 하게 될 겁니다."

하지만 레즈는 마스크를 착용하는 것을 싫어했고, 그 또한 레즈에게 마스크 씌우는 것이 내키지 않았다. 어느 날 오후, 그와 레즈는 작은 산길에서 지난번 그 경찰을 또 만났다.

이거 큰일 났구나 생각한 카네기는 경찰이 문책하기 전에 먼저 잘못을 시인했다.

"이번에는 현장검거 되겠군요. 제가 잘못했습니다. 지난주에 개에게 마스크를 착용시키지 않으면 법대로 하겠다고 경고했는데…."

"괜찮아요, 괜찮아요."

의외로 경찰은 부드러운 목소리로 "사실 이렇게 사람이 없을 때는 누구나 개를 데리고 나와서 바람을 쐬지요"라고 하였다.

"그건 그렇습니다. 하지만 이것은 법에 어긋난 것이지요."

"아, 당신은 너무 심각하게 생각하는군요. 이렇게 하죠. 당신이 개를 데리고 산책하되 내 눈에만 띄지 않는다면 아무 일 없었던 것으로 하죠."

이렇게 카네기는 경찰의 단속을 피할 수 있었다. 이처럼 잘못을 인정하는 그의 태도는 경찰로 하여금 존중을 받았다는 느낌을 들게 하여 관용적인 태도를 보이게 했던 것이다.

만약 잘못을 했다면 당신이 잘못을 충분히 인정하고 뉘우치고 있다는 것을 상대에게 보여라. 그러면 더 이상 당신을 질책하지 않을 것이다.

　광고시안을 그릴 때 가장 중요한 것은 정확하고 간결한 것인데, 그 과정에서 작은 실수들이 있게 마련이었다. 어떤 광고회사 사장은 사소한 잘못을 지적하기를 좋아했다. 한번은 그 사장의 일감을 받아 하고 있던 조씨가 광고시안을 납품했는데 사장의 호출을 받았다. 사장은 노발대발하면서 한바탕 그를 질책했다.

　"사장님께서 하신 말씀이니까 틀림없을 것입니다. 제가 잘못한 것 같습니다. 사장님을 위해 수년 동안 시안을 그려왔으니 이젠 사장님의 스타일을 알만도 한데 정말 부끄럽습니다."

　그러자 듣고 있던 사장이 누그러지며 오히려 그를 위로하였다.

　"그렇긴 하지만 큰 잘못은 아니네. 다만…." 이라고 하자 조씨는 계속해서 자책했다

　"아닙니다. 잘못이 크던 작던 그것은 용납할 수 없다고 생각합니다."

　그리고 계속해서 "이후부터는 꼭 조심하겠습니다. 사장님께서 저에게 많은 일거리를 주고 있는데 당연히 만족스럽게 해드려야죠. 이 시안은 다시 그리도록 하겠습니다."라고 하였다.

　사장은 "아니야, 아니야. 자네를 너무 귀찮게 하고 싶지 않네."라고 하며 조씨의 시안이 조금만 수정하면 아주 훌륭한 작품이 될 것이라고 칭찬했다. 그리고 이런 작은 잘못으로 회사가 손해 보거나 할 사항은 아니니 너무 자책하지 말라고 당부했다.

　이렇게 조씨는 까다로운 사장의 분노를 가라앉혔다. 그날 오후,

사장은 조씨를 불러 차를 마시며 다른 광고시안을 부탁했다.

조씨는 자신의 잘못을 인정하고 고객을 인정함으로써 그의 권위를 세워주었던 것이다. 이렇게 잘못을 인정하는 것은 자신을 보호하기 위한 좋은 방패막이 될 뿐만 아니라 뜻밖의 수확을 가져오기도 한다. 우리는 가끔 머리를 숙이고 허리를 굽힐 줄도 알아야 한다.

넉넉하게 베풀어라.
평생 남에게 길을 양보한다 하더라도
백 발자국이 채 되지 않는다.

한 발 물러서라

　모든 일을 다 이기려 하거나, 걸핏하면 사람들과 언성을 높이고 싸울 것이 아니라 한 발 물러서서 보다 크고 중요한 것이 무엇인지를 가려내는 법을 배워라. 무조건 싸우고 논쟁한다면 결국 모두가 상처받을 뿐이다. 한 발 물러선다는 것은 결코 나약함을 나타내는 것이 아니며 오히려 지혜로운 처세술이다.

　소크라테스가 큰 길에서 어떤 사람과 논쟁하다가 상대의 발길에 차였는데도 그는 아무 일도 없었다는 듯이 태연했다. 사람들이 그런 그를 이해하지 못하고 묻자 이렇게 대답했다.

　"내가 당나귀에게 똑같이 발길질 할 이유는 없지 않은가?"

　그는 상대를 당나귀에 비유함으로써 현명한 사람은 당나귀처럼 싸울 필요가 없음을 시사했다. 동물인 당나귀는 생각하고 사고하지 못하므로 자신을 통제할 줄 모른다. 때문에 이와 같은 야만적인 행동을 할 수 있다. 하지만 사람이 어찌 동물과 똑같은 행동을 할 수 있겠는가? 소크라테스는 이렇게 그날의 싸움을 비켜갔다.

만약 그가 상대와 똑같이 주먹질을 하며 싸움판을 벌였다면 결과는 뻔했을 것이다.

대학생이 자전거를 타고 가다가 한 청년과 부딪치고 말았다. 청년은 화가 나서 욕설을 퍼부었지만 대학생은 그냥 웃고만 있었다. 지나가던 사람이 대학생에게 물었다.

"저렇게 욕하고 있는데 왜 웃고만 있나?"

"욕하는 것은 자신의 분노를 다른 사람에게 전이시키기 위함이지요. 이러한 목적을 이루지 못하면 오히려 더 화가 치미는 법입니다."

이 대학생은 소크라테스와 비슷한 점이 있다. 만약 대학생이 상대로부터 오는 분노를 전이 받아 서로 욕설을 주고받으며 잘잘못을 따진다면 더 큰 싸움이 벌어졌을 것이다. 싸움이란 이처럼 쉽게 일어나는 것이다. 자신의 잘못을 인정하지 않고 책임을 상대에게 미루거나 서로 자기주장만 한다면 당연히 서로 얼굴을 붉히게 되고 결국 작은 일도 크게 변해버린다. 문제해결은 더 어려워질 수밖에 없다.

메기가 헤엄치다가 다리 밑의 기둥에 부딪치고 말았다. 그러나 메기는 자신의 부주의를 인정하고 에돌아서 갈 생각은 않고 수면 위에 얼굴을 내밀고 씩씩거리며 분을 삭혔다. 이때 강 위를 날아가던 독수리가 이를 발견하고 한입에 삼켜버렸다. 메기는 이렇게 독수리의 밥이 되고 말았다. 소동파는 이 이야기를 빌어 다음과 같이 말했다.

"세상에는 분노할 일이 아닌데 분노하여 불행을 자처하는 사람들이 있다. 마치 메기처럼 남 탓만 하다가 결국 독수리의 밥이 되어 버리니 이 얼마나 어리석은 짓인가?"

무조건 다른 사람을 탓한다면 당연히 분노할 수밖에 없다.

상황파악이 어렵다면 한 발 물러서서 객관적으로 문제를 바라보아야 한다. 그렇지 않고 무조건 부딪치려 한다면 자신을 더욱 외롭게 할 뿐이다.

사업에 있어서도 자신의 실력을 잘 분석하고 필요하다면 한 발 물러설 줄도 알아야지 무조건 투자만 한다면 더 큰 손실과 쓰디쓴 결과를 맛볼 수밖에 없다.

후퇴는 전진을 위함이다

앞으로 나아가기 위해 후퇴하는 것은 매우 현명한 처세술이다. 한 발 뒤로 물러서야 더 높게 더 멀리 뛸 수 있고, 팔을 뒤로 빼야만 더 강력한 펀치를 날릴 수 있다. 낮은 자세로 시작하고 승리로 마무리 하는 것이 중요하다. 먼저 타인의 이익을 생각하고 챙겨주는 것은 훗날 자신의 성공을 위해 길을 닦는 과정이라고 할 수 있다. 만약 강력한 경쟁사와 부딪쳤거나 혹은 시장상황이 좋지 않아 상품전망이 아주 나쁘다고 판단된다면 차라리 한 발 물러나 새로운 투자 방향을 모색하는 것이 나을 수도 있다.

1960년대 초, 일본의 히타치(日立)는 생산규모를 확대하기 위해 거액을 투자하여 신규 공장을 설립하는 등 설비 증설에 나섰다. 하지만 마침 일본이 경기침체기에 들어서 상품들이 팔리지 않았다.

이런 상황에서 히타치는 계속 투자를 강행할 것인가, 중단할 것인가를 선택해야 했다. 히타치는 과감히 두 번째 방법을 택했다. 자금을 저축하여 새로운 기회를 기다리기로 한 것이다.

그 후의 상황들은 히타치의 선택이 옳았음을 증명했다. 1962년부터 일본의 3대 가전회사인 도시바와 미츠비시의 영업수익률은 현저하게 떨어졌지만 히타치는 1964년까지 계속 높은 수익률을 유지할 수 있었다. 그리고 60년대 후반, 일본은 새로운 번영기를 맞게 되는데 자금을 착실히 축적해 온 히타치는 기회를 살려 1967년에 102억 엔을 투자함으로써 1968년 상반기에 1,000억 엔이라는 벽을 허물고 1,220억 엔이라는 파격적인 이익을 창출했다. 그 후 5년 동안 매출액이 1.7배 증가했으며 이익률은 1.8배 증가했다.

히타치는 후퇴의 책략으로 위기를 역이용하여 기회를 만들었고 실력을 보존하여 큰 성과를 도모했던 것이다. 위기에 직면했을 때는 대담하게 새로운 길을 모색할 줄 알아야 한다. 과감하게 투자방향을 바꾸고 전략적인 대책을 세운다면 위기를 극복할 수 있을 뿐만 아니라 전화위복이 될 수도 있다.

여기서 '후퇴'는 도태된다는 의미가 아니다. '후퇴'와 '전진'은 경영자의 큰 용기가 필요하다. 치열한 시장경쟁에서 경영자는 객관적이고 냉정한 판단력으로 시장동향과 전망을 내다볼 수 있어야 하는데, 이때 필요에 따라 '후퇴'할 수도 있다.

미국의 성인 교육학자인 델 카터슨이 뉴욕에서 강의를 위해 한 호텔의 예식장을 빌렸다. 한참 강의 준비를 하고 있는데 호텔에서 갑자기 그에게 약속한 임대료의 3배를 요구해왔다. 이유를 알아본 결과 호텔 매니저가 더 많은 수익을 얻기 위해 예식장을 파티장으로 임대하고자 했던 것이다.

카터슨은 매니저를 찾아갔다.

"만약 내가 당신이라도 비슷한 결정을 했을 것입니다. 당신은 이 호텔의 매니저이기 때문에 최대의 이익을 얻도록 하는 것은 당연합니다. 그렇게 하지 않는다면 아마 당신은 매니저 직위를 내놓아야 할 테니까요. 예식장을 강의실이 아닌 무도회나 파티장으로 임대한다면 훨씬 많은 이익을 얻을 수 있겠지요. 긴 시간이 소요되지 않으면서도 비교적 높은 임대료를 받을 수 있으니까요. 나처럼 강의실로 사용하는 것보다는 몇 배나 이익이 되겠죠."

카터슨은 계속 말했다.

"저는 그렇게 높은 임대료를 감당할 수가 없기 때문에 아마 다른 장소를 알아봐야 할 것 같습니다. 하지만 제 강의는 수많은 문화인과 교육수준이 높은 관리급 임원들을 대상으로 하고 있습니다. 그 사람들이 이곳에 와서 수강한다는 것은 사실상 무료로 이 호텔을 광고해주는 것이나 다름없지요. 아마 거액을 들여 신문광고를 낸다 하더라도 이토록 많은 사람들을 호텔에 불러 모을 수는 없을 것입니다. 하지만 제 강의는 그렇게 할 수 있지요. 그렇지 않습니까?"

카터슨의 설득에 매니저는 결국 임대료 인상을 포기하였고, 카터슨은 그 호텔에서 강의할 수 있게 되었다.

매니저가 처음의 약속을 깨고 무리한 요구를 해서 카터슨은 몹시 불쾌했지만, 자존심을 세우는 대신 지혜롭게 돌아가는 길을 택

했다. 전진할 때는 용감하게 나아가되 여의치 않을 때는 현실과 타
협하는 노련함이 필요하다.

11
공부

　우리는 끊임없이 지식으로 자신을 무장시켜야 한다. 우리가 큰 성과를 얻지 못하고 평범한 삶을 살게 되는 것은 능력이 없어서가 아니라 게으른 탓이다. 성공은 높은 산을 오르고 넓은 바다를 건너는 것과 같은 길고 먼 여정이다. 결코 짧은 시간에 완성할 수 있는 것이 아니다. 지식을 축적한다는 것은 단순한 양적인 '더하기'가 아니라 일정 기간의 축적을 통해 어느 순간 상상 이상의 도약을 가져오는 것이다. 일정한 양의 지식이 축적되면 어느 순간부터는 그와 연관된 무수한 영감들이 떠오르게 되고, 그러한 영감들은 당신이 알듯 말듯 했던 많은 문제들의 해답을 깨닫게 한다.

가장 든든한 보물

1900년대 초, 독일의 과학기술기업관리 전문가인 스타인메츠가 미국으로 이민가 파산에 직면한 작은 회사에 취직했다. 스타인메츠는 뛰어난 경영관리 능력을 발휘하여 짧은 기간에 회사의 활기를 되찾게 만들었고 많은 이익을 창출하였다. 당시 글로벌회사였던 푸드 사의 기계가 고장이 났는데 기술자들은 두 달이 지나도록 고치지 못하고 있었다. 속수무책이 되자 푸드 사는 스타인메츠에게 1만 달러를 주기로 하고 도움을 요청했다.

스타인메츠는 기계를 세심하게 관찰하고 이틀 동안 계산을 하더니 고장의 원인을 찾아냈다. 그는 펜으로 기계의 외곽에 선을 긋더니 "기계를 열고 선이 있는 곳에 위치한 코일을 16바퀴 풀어주면 됩니다"라고 하였다. 푸드 사의 기술자들은 반신반의하면서도 그의 지시대로 하자 과연 기계가 정상적으로 작동했다.

기계를 고치고 나자 푸드 사의 어떤 기술자가 "선을 몇 바퀴 풀었을 뿐이잖아. 1달러면 충분했어"라고 말했다. 그 말을 들은 스타인메츠는 "펜으로 선을 긋는데 1달러, 그 선을 어디에 그을 것인지를 알아내는데 9,999달러입니다"라고 말했다. 푸드 사는 계획대로 수고비를 지불했을 뿐만 아니라 고액의 연봉에 그를 고용했다.

스타인메츠가 받은 보수는 지식으로 얻은 것이다. 선을 긋는 것은 누구나 할 수 있는 일이지만 어디에 선을 그을지 알아내는 것은 전문지식이 필요하다.

우리는 지식의 중요성을 강조하고 있는 시대에 살고 있다. 생활이 넉넉하지 못한 가정은 한 푼 한 푼 악착같이 모아서라도 자식을 공부시키려 하고, 돈이 많은 가정은 모든 방법을 동원해 자식들이 최고의 환경에서 공부할 수 있도록 좋은 학교에 조기유학까지 보내고 있다. 이것이 지식의 중요성을 알고 있는 사람들의 선택이다.

시장경쟁은 바로 지식경쟁이고 인재경쟁이다. 우수한 인재에게는 좋은 회사를 선택할 권리가 주어지며 실력 있는 회사들 또한 우수한 인재를 편애한다. 당신이 배우지 않고 있는 동안 다른 사람들은 한 걸음씩 앞으로 나아가고 있다.

공부하는 습관

영국의 철학자이자 실험과학의 시조이며 과학적 귀납법의 창시자인 베이컨은 습관에 대해 이렇게 말했다.

"습관은 완강하면서도 거대한 힘이다. 그것은 사람의 일생을 좌우할 수 있기 때문에 유년시절부터 교육을 통해 좋은 습관을 들여야 한다."

실제로 사람들을 잘 분석해보면 베이컨의 습관에 대한 이 말이 정확하다는 것을 발견하게 된다. 특히 공부를 함에 있어서 이는 모든 사람들에게 적용되는 말이라 해도 과언이 아니다. 만약 당신이 좋은 성적을 얻고자 한다면, 효율적으로 시간을 이용하고자 한다면, 학문적으로 큰 업적이 있기를 원한다면 우선 훌륭한 학습 습관을 배워라.

배우고자 하는 의욕을 가져라

배우고자 하는 의욕은 배움에 있어서 가장 중요하다. 이러한 습관이 일단 몸에 배면 당신의 감성은 지식과 정보의 스캐너가 되고 당신의 뇌는 그러한 지식들을 저장하는 저수지가 될 뿐만 아니라 그러한 지식들을 가공하고 재창조함으로써 만능의 보물로 변장시킨다. 동시에 당신의 생활은 활력으로 충만할 것이다.

배우려는 의욕이 있는 사람들은 시간 이용의 고수들이다. 그들은 책, 신문, TV를 보는 과정, 심지어 일을 하는 과정에서도 항상 주의력을 '학습'이란 목적에 접목시킨다. 이런 사람들을 잘 관찰해보면 TV 프로그램을 선택할 때도 지식, 정보, 시사 등 자신이 하고 있는 사업과 연관된 프로그램을 선택하는 경향이 있다. 반면에 그렇지 않는 사람들은 드라마나 연예오락프로그램을 좋아한다. 다른 일을 함에 있어서도 이와 비슷한 현상이 나타난다.

공부하는 습관은 사람의 잠재의식을 자극하기도 한다. 과학자 파스퇴르는 이렇게 말했다.

"기회는 준비된 두뇌를 편애한다."

배우는 습관을 가진 사람의 두뇌는 준비된 두뇌라 할 수 있다. 똑같이 물을 끓였지만 일반 사람들은 뜨거운 물을 얻었고 와트는 증기기관을 얻었다. 똑같이 나뭇잎에 손을 베여도 일반 사람들은 자신의 조심성 없음을 후회할 뿐이지만 루반(魯班)은 톱을 발명해냈다. 똑같이 사과가 나무에서 떨어지는 것을 보았지만 농부는 그것을 아깝게 생각했고 뉴턴은 만유인력의 법칙을 발견해냈다. 이러한 생각의 차이를 가져온 것은 와트나 루반, 뉴턴이 평소 공부하고 사고하는 습관이 몸에 배어있었기 때문이다. 때문에 이런 자연의 미세한 자극에도 영감의 불꽃을 태울 수 있었던 것이다.

학습계획을 엄격하게 지키고 완성하는 습관을 길러라

학습계획을 엄격히 지키고 시간과 학습량을 정해놓고 완성하는 습관을 기르는 것은 유혹을 뿌리치고 목표를 달성할 수 있는 가장 좋은 방법이다. 목표를 정하고 계획을 세우는 일은 비교적 쉽지만 계획대로 실천하는 것은 쉽지 않다. '도리를 깨닫는 것은 쉽지만 행동에 옮기는 것은 어렵다'는 말과 같다.

정해진 시간에 맞추어 공부하는 것은 학습계획을 완성하기 위한 전제조건이다. 정해진 시간에 공부한다는 것은 두 가지 의미가 있다. 하나는 매일 정해진 시간만큼 공부를 하는 것이고, 다른 하나는 공부할 시간이 되면 무슨 일이 있어도 공부를 시작하는 것을 말한다. 사람의 머리는 짧은 시간 내에 다량의 내용을 머리에 입력하는 것이 불가능하다. 때문에 공부는 장시간 동안 꾸준히 견지해야 하며 단숨에 배불리려는 생각은 버려야 한다. 지식은 돈과 달라서 이러한 축적 없이 한번에 얻을 수 있는 것이 아니다.

사고하는 습관을 길러라

열심히 사고하는 습관은 공부의 질을 높이며 특히 새로운 것을 발견하고 창조하는 능력을 키워준다. 사고하는 습관은 공부하는 사람들에게 비교적 높은 단계의 수양이라고 할 수 있다.

열심히 사고하는 습관을 기르면 다음과 같은 좋은 점들이 있다.

우선 지식에 대한 이해와 기억을 촉진시킨다. 사고를 통해 감성적인 인지가 이성적인 인지로 바뀌게 되며, 이미 취득한 지식들을 연관시킴으로써 흩어져 있던 하나하나의 지식들을 유기적으로 결합시켜 자신의 모든 지식들을 장악할 수 있다. 이것은 처음 공부를 시작했을 때는 효과가 별로 나타나지 않지만 좀 더 깊이 있는 지식을 얻고 그 양이 많아짐에 따라 확연히 표가 난다.

두 번째는 교과서의 지식을 비판적으로 받아들일 수 있다. "젊은이들은 거짓을 믿으려 하고 늙은이들은 진실을 의심하려 한다"는 독일의 속담처럼 역사적으로 중대한 착오는 대부분 이 두 가지 경향의 산물이다. 사고하는 습관을 기르면 이러한 맹목적인 학습방법을 버릴 수 있다. 어떠한 지식이든 비판적으로 받아들일 줄 알아야 정확한 것을 받아들이고 틀린 것을 정정할 수 있다.

맹자는 "책의 내용을 그대로 믿는 것은 책이 없는 것만 못하다"고 했다. 여기서 맹자가 말하는 책은 상서(尙書)를 말하는 것이지만 오늘날 우리도 책 속의 지식에 대해 무조건 맹신할 것이 아니라 비판적으로 받아들여야 한다.

청나라의 학자인 왕부지(王夫之)도 "지식을 얻는 방법은 두 가지가 있는데, 하나는 배우는 것이고 다른 하나는 사고하는 것이다"라고 했다. 모두 사고의 중요성을 강조하는 말들이다.

세 번째는 사고를 통해 부단히 의문점을 풀고 영감을 자극해야한다. 아인슈타인은 죽을 때까지 시종일관 "모든 것을 의심하라"는 격언을 믿었다. 이러한 정신이 아인슈타인으로 하여금 '광자' 개념을 이끌어 냈으며, 상대성 이론을 생각해내도록 했다.

명나라의 이시진(李時珍)은 고대 의학을 연구하던 중 제가(諸家)의 설명이 모두 다르다는 것을 발견하고 1,000여 종의 약물에 대해 새로운 결론을 내놓았다. 그리고 《본초강목》에 새로운 약물 300여 가지와 새로운 처방 8,000여 가지를 보충했다.

편견을 무너뜨려라

　대학교를 다니는 20대 초중반까지만 해도 우리는 배우는 것에 꽤나 열성적이다. 하지만 학교를 졸업하고 취업에 성공한 이후부터는 좀처럼 자신의 내적, 지적 성숙을 위해 시간을 투자하지 않는다. 책이나 신문을 챙겨 읽는 것조차도 귀찮아하는 사람이 부지기수다. 20년 남짓 배운 내용을 가지고 앞으로 다가올 60년, 70년의 세월을 감당하려는 것은 어리석은 게으름일 뿐이다.

　의료 기술이 발전함과 동시에 인간의 평균수명은 80세를 넘어 90세를 바라보고 있고, 그와 함께 인간에게 주어진 여분의 시간도 점점 늘어나고 있다. 돈으로도 환산할 수 없는 귀중한 보너스를 받은 우리는 시간을 현명하게 다스리고 소비할 특권이 있다.

　급변하는 시대의 흐름에 몸을 싣고 그 속에서 맘껏 유영하려면 무엇보다 경직된 사고를 이완시켜 두어야 한다. 더불어 자신의 부족함을 인정하고 언제나 감사한 마음으로 배우려는 겸손의 자세 또한 필요하다. 얄팍하게 쌓아둔 낡은 지식으로는 급변하는 시대의 물살을 견딜 수 없을뿐더러 오히려 거대한 시류에 쓸려 뒤로 밀려나거나 어리석은 게으름이 족쇄가 되어 물밑으로 점점 가라앉는 수밖에 없다.

더군다나 우리가 지금껏 배워온 지식들은 그대로 유지되는 것이 아니라 시간이 흐름에 따라 유실된다는 것을 잊지 말아야 한다. 절대불변의 진리로 받들어 온 사실조차도 과학이 발달함에 따라 새롭게 규명되기도 하고, 무수한 정보들이 쓰임을 다하고 사라지기도, 갱신되기도 한다. 지식의 빛깔을 선명하게 유지하려면 우리는 예전의 낡은 지식 위에 새롭고 싱싱한 정보로 꼼꼼히 덧칠을 해주어야 한다. 그래야만 지식의 유효기간도 연장할 수 있다.

배움이란 단순히 책을 많이 읽고, 학위를 받고 하는 피상적인 내용만을 뜻하지 않는다. 주변의 작은 일에서 자신의 삶을 성찰할 계기를 찾는다든가, 나보다 어린 사람으로부터 배울 점을 찾아내는 겸손함이라든가, 편견에 치우치지 않은 눈과 귀로 있는 그대로의 사실을 받아들이는 열린 마음, 선입견 안에 생각을 가둬두지 않는 유연함, 지식과 경험이 한데 어우러진 산지식을 폭넓게 아우르는 말이다.

"어린이에게 가르치는 것은 백지에 무엇을 쓰는 것과 같다. 반면 나이 든 사람을 가르치는 것은 이미 글씨가 빼곡히 적혀 있는 종이에 여백을 찾아 써넣으려는 것과 마찬가지다." 탈무드에 적혀 있는 이 말은 우리에게 많은 점을 시사한다. 나이를 먹을수록 우리는 장님이 코끼리를 만지듯 자기가 생각하고 싶은 대로 생각을 몰아가는 경향이 짙어진다.

많은 시행착오를 겪으면서 쌓아온 연륜이 때로는 자기 과신으로 이어져 내가 보고 싶은 곳에만 시선을 주고, 내가 원하는 소리가 아니면 두 귀를 닫고, 단단한 아집에 갇혀 자기 본위의 결론을 내리는 어리석음을 범하게 만드는 것이다.

2006년 미국에서는 그 해를 대표하는 단어로 '트루시니스(Truthiness)'를 선정한 바 있다. 트루시니스란 진실이라는 뜻의 트루스(Truth)를 변형한 신조어로, 사실에 근거하지 않은 채 자신이 믿고 싶은 것을 진실로 받아들이려는 성향을 말한다. 미국 전역을 휩쓴 트루시니스라는 낱말의 위력처럼 편향된 잣대로 만들어진 믿음은 인간의 합리적인 사고를 야금야금 잠식한다. 자신이 믿고 싶은 내용만 골라서 받아들이고, 편향된 정보를 수집한 끝에 내린 결론이면서 그것이 결함 없는 진실이라고 믿는 어리석음, 그리고 나의 생각이 늘 최선이라고 믿는 고약한 교만함, 우리는 항상 이런 것들을 경계해야 한다.

편협한 시각, 경직된 사고 이러한 것들은 진정한 배움과는 거리가 먼 단어들이다. 고지식한 사람의 머릿속에 지식을 억지로 구겨넣을 수는 있을지라도, 운신의 폭이 좁은 선입견 속에 그러한 지식들을 가둬둔다면 우리는 절대 새로운 가치를 정제해낼 수 없을 것이다.

많이 보고 많이 겪고 많이 공부하는 것은
배움의 세 기둥이다.

배움에는 마침표가 없다

새뮤엘 앨먼은 이렇게 말했다.

"젊음은 인생의 한 시기가 아니라, 마음의 상태를 말한다. 그것은 장밋빛 뺨도 아니고, 앵두 같은 입술도, 나긋나긋한 무릎도 아니다. 그것은 강인한 의지와 상상력이며, 활력 넘치는 감성이다. 그것은 삶의 깊은 샘물에서 솟아나는 신선한 정신이다.

젊음은 용기가 비겁함을 누르는 것을 뜻하며, 안이함을 떨쳐내는 모험심을 의미한다. 이런 성향은 20살의 청년이 아니라, 60살의 노인에게서 발견되기도 한다. 나이를 먹는다고 해서 늙는 것은 아니다. 바로 이상을 잃어버릴 때 우리는 비로소 늙는다.

세월은 우리의 피부에 주름살을 만들지만, 열정 가득한 마음까지 시들게 만들지는 못한다. 고뇌와 두려움, 자기불신으로 인해 기력이 사라질 때 비로소 마음이 시들어 버리는 것이다."

배움에 힘쓰지 않는 사람들은 이미 공부할 때를 놓쳤는데 이제와 배우면 뭐하냐는 말로 자신의 게으름을 합리화시킬 때가 많다. 그렇다면 당신은 공부하기 좋았던 젊은 시절에 무엇을 했을까? 그때도 이런저런 핑계를 대느라 바쁘지는 않았던가?

이미 흘러버린 시간을 탓하며 새로운 시작을 주저하는 사람들에게 다음 사람들의 이야기는 큰 격려가 될 것이다.

소크라테스의 원숙한 철학은 일흔이 다 되어서야 이루어졌고, 시스티나 성당에 〈최후의 심판〉을 그려 넣은 미켈란젤로의 나이는 67세였다. 대문호 괴테는 자신의 문학적 역량을 모두 집중하여 나이 예순에 〈파우스트〉를 발표했으며 파브르는 교사 퇴직 후 56세 때부터 곤충기를 쓰기 시작해 84세에 이르러 10권을 완성했다. 무려 30년에 걸친 대기록 끝에 파브르는 세계적인 곤충학자로 이름을 떨치게 된 것이다. 미국의 지미 카터 전 대통령은 퇴임한 이후 노벨 평화상을 수상했고, 여든이 훌쩍 넘은 나이에도 여전히 세계 평화를 위해 헌신하고 있다. 우리의 마음이 더디게 움직일 뿐 배움 앞에 늦은 시기란 없다.

한 분야에서 일가를 이룬 사람들은 새로운 것을 갈구하는 마음과 소소한 일상 속에서도 성장점을 포착해내는 겸손하고 부지런한 눈을 가지고 있다. 편안한 과거에 안주해 있기보다 머리와 마음을 항상 수련함으로써 다른 이들보다 한발 앞서 의미 있는 성과를 만들어내는 것이다. 그러한 에너지의 근원에는 지칠 줄 모르는 배움의 의지가 자리 잡고 있다. 배움에는 특별한 때도, 마침표도 없다.

남송(南宋)의 장구성(張九成)은 나라의 버팀목이 되는 강직한 충신이었다. 그는 늘 나라의 안위를 염려했고, 자신을 돌보는 것을 뒤로한 채 나랏일에 집중했다.

그는 궐 안에서 권력을 얻기 위해 암투를 벌이거나 모함으로 멀쩡한 사람을 옭아매는 모사꾼들을 몹시 미워했다. 당시 실세였던 간신 진회(秦檜)가 농간을 부리자 장구성은 그에게 바른 소리를 했다가 미움을 사게 되어 관직을 잃고 남안군으로 유배를 가게 된다.

비록 조정에서 쫓겨나 몸은 먼 곳에 떨어져 있었지만, 언젠가 다시 조정으로 돌아가 충성을 다할 날이 오리라 믿으며 장구성은 동이 트자마자 일찍 일어나 부지런히 책을 읽었다. 어찌나 책에 깊이 빠져 있던지 그는 밥 먹는 시간조차 잊을 때가 많아서 아내가 여러 번 독촉한 후에야 식사를 하곤 했다.

유배를 와서도 늘 책만 끼고 사는 남편이 답답하게 느껴졌던 아내는 도무지 남편을 이해할 수 없다는 듯이 물었다.

"얼마 안 있으면 당신 나이도 쉰인데, 조정에 있는 것도 아니면서 책은 읽어 뭐하나요?"

부인의 원망 섞인 물음에 장구성은 화를 내는 대신 온화한 목소리로 대답했다.

"배움에는 끝이 없고 시간은 사람을 기다려주지 않소. 장차 폐하께 충성을 다하고 백성들을 위해 헌신할 것인데 어찌 게으름을 부릴 수 있겠소?"

그 뒤로도 장구성의 단단한 마음가짐은 변함이 없었고, 계속해서 학문에 정진했다. 이렇게 14년을 꼬박 채운 어느 날 조정에서 파견한 남안군의 태수가 장구성을 만나러 왔다. 장구성의 모습을 시찰하러 나온 태수는 그의 서재를 둘러보던 중 책상 아래에 깊은 발자국을 발견했다. 왜 하필 책상 아래에 발자국이 있는지 의아해서 사람들에게 그 연유를 묻자 장구성의 아내가 대답했다.

"저 양반이 매일 같이 이곳에서 책을 읽었는데 시간이 오래 지나고 나니 발자국이 뚜렷하게 생겨났습니다."

이 말을 들은 태수는 유배된 와중에도 흔들림 없이 긴 세월 동안 배움에 정진한 장구성의 마음가짐에 크게 탄복했다.

얼마 뒤 장구성은 본인이 원했던 대로 다시 조정에 돌아가게 되었고, 오랜만에 그를 만난 많은 대신들은 그의 뛰어난 학문적 소양에 놀라며 칭찬을 아끼지 않았다. 장구성은 나이를 핑계로 학업을 멀리하지 않고 흔들림 없이 학문을 정진하는 데 집중했다. 그렇게 쌓아두었던 많은 지식은 훗날 나랏일을 하는 데 십분 활용할 수 있었다. 장구성의 성실한 마음가짐은 후세 사람들에게 귀감이 되었으며 그가 보여준 배움을 향한 꾸준한 열정은 몇 백 년이 지난 지금까지도 그의 이름을 빛나게 하고 있다.

배움이란 물살을 거슬러 올라 가는 배와 같아서
앞으로 나아가기는 어렵고뒤로 물러서기는 쉽다.

꾸준해야 한다

지혜는 영원하지만 인간이 배울 수 있는 지식은 제한되어 있고, 시대는 나날이 발전하고 있다. 새로운 시대에 뒤처지지 않기 위해서는 주변의 작은 일로부터 배우는 습관을 길러야 한다.

송나라 악비(岳飛)는 지혜와 용기를 겸비한 장군이었다. 전쟁터에서 오랫동안 싸워온 이 영웅은 말을 매우 중시했는데 보기만 해도 그 말이 좋은 말인지 아닌지를 구별해낼 수 있었다.

한번은 고종이 악비에게 물었다.

"그대가 보기에 어떤 말이 좋은 말인가? 좋은 말과 나쁜 말의 차이점이 무엇인가?"

악비는 잠깐 생각하더니 대답했다.

"신이 예전에 말 두 마리를 기른 적이 있었는데 모두 좋은 말이었습니다. 그 말들은 먹성이 아주 좋아 매일 풀 몇 단과 콩 몇 말을 먹었을 뿐만 아니라 조금만 사료의 질이 나빠도 먹지 않았습니다. 게다가 물에 대해서도 아주 까다로워 깨끗하지 않은 물은 절대 마시지 않았습니다. 장시간 달린 후에도 전혀 피로함을 엿볼 수 없고 땀이 나지 않으며 숨도 차지 않았습니다. 이런 말이 바로 좋은 말입니다."

고종이 다시 물었다.

"그럼 나쁜 말은 어떤 말인가?"

"나쁜 말은 먹는 양이 작은데 지금 제가 타고 있는 말과 같습니다. 매일 사료 몇 근만 먹으면 되고 사료나 물의 질에 대해서도 특별한 요구가 없습니다. 그리고 불과 몇십 리를 달리고 나면 숨을 몰아쉬며 땀에 흠뻑 젖습니다. 이런 말이 나쁜 말입니다."

고종이 감탄하면서 말했다.

"그렇다면 말이 좋고 나쁨은 선천적이기도 하지만 먹는 습관과도 큰 관계가 있겠군."

"그렇습니다. 좋은 말은 먹는 것에 상당히 까다로우면서 양도 많습니다. 그들은 충분히 영양을 섭취하기에 웬만한 피로를 물리칠 수 있고 끈기가 있습니다. 나쁜 말은 아무것이나 먹고 양도 적어 신체가 허약하므로 장시간 달릴 수가 없으며 쉽게 피로가 쌓입니다. 마치 이것은 사람의 머리와 같아서 들어 있는 지식이 많을수록 지혜롭고 현명합니다."

실제로 말은 선천적인 자질도 중요하지만 후천적으로 얼마나 좋은 사료를 많이 먹었느냐가 말의 질을 결정한다고 한다.

배움은 멈추는 순간 후퇴한다. 공부에 관심이 없고 공부할 시간 조차 내지 못할 정도로 바쁜 사람들은 언젠가 시대에 뒤떨어지고 만다. 성공한 사람들은 배움을 게을리하지 않는 사람들이다.

12
신의

신의를 지키는 것은 처세술의 첫 번째 원칙이다. 당신이 어디에 몸담고 있든, 세상 물정을 아직 잘 모르든 혹은 세상 고초를 다 겪었든 그것과 상관없이 반드시 신의를 지켜야 한다. 그래야만 당신의 양심을 보존할 수 있고, 인간으로서의 존엄을 지킬 수 있으며 성공을 얻을 수 있다.

어떤 위인이 이런 말을 한 적 있다.

"신용은 한 가닥의 가는 선과 같아서 자칫 끊어지면 다시 잇는다는 것은 하늘의 별따기이다."

진심으로 대하라

인간관계나 일에 있어서 가장 중요한 것은 '진심'이다. 옛말에 "정성이 지극하면 돌 위에도 꽃이 핀다"는 말이 있다.

간단한 예로, 친구를 사귐에 있어서 진심으로 대하지 않는다면 아무리 무던한 친구라도 한 번 속고 두 번 속으면 더 이상 당신을 믿지 않을 것이다. 그렇게 되면 당신은 친구를 잃을 뿐만 아니라 신의도 잃게 된다. 하자가 있는 제품을 눈속임하여 팔았다면 일시적으로 작은 이익을 얻을 수는 있겠지만, 그로 인해 잃은 신용은 그보다 훨씬 큰 금액과 시간을 주고도 다시 회복하기 어렵다.

학문도 예외가 아니다. 화려하기만 하고 실질적인 내용이 없는 것은 사람들의 혐오감만 불러올 뿐이다. 성실하게 연구 분석하여 최종적으로 얻어낸 성과만이 인정받을 수 있다.

진심은 인간의 통행증과 같은 것이다

진심은 지혜가 아니다. 하지만 그것은 지혜보다 더 아름다운 빛을 발산하곤 한다. 모든 지혜를 동원해도 얻을 수 없는 것들이 하나의 진심으로 손쉽게 얻어지는 경우가 있다.

진심으로 사람을 대하는 것은 어떤 보답을 바라고 행하는 것이 아니다. 다른 사람의 진심을 얻고자 하는 목적으로 진심을 행했다면 그것은 이미 진심이 아니다. 진심으로 행하다보면 물질적인 손실을 가져올 수도 있다. 하지만 당신의 마음 깊은 곳에서는 평화가 찾아올 것이다. 반대로 거짓은 일시적인 이득을 얻게 할 수는 있지만 마음 깊은 곳은 항상 불안에 떨고 있을 것이다.

진심을 세상에 알릴 필요는 없다. 사람들이 당신의 진심을 이해한다면 당신이 말하지 않아도 알게 될 것이며, 사람들이 당신의 진심을 이해하려 하지 않는다면 아무리 설명해도 인정받지 못할 것이다.

당신이 다른 사람에게 속았다면 그것은 생활이 당신에게 거짓이 어떤 것인지를 알려주기 위함이지 절대 진심을 포기하라는 뜻이 아니다. 생활이 날로 풍요로워지는 요즘, 어떤 사람은 진심을 점차 잃어가며 정신의 밑바탕을 '거짓'과 '욕심'으로 가득 채우거나 아무 것도 남지 않은 백지상태가 되어버렸다. 심지어 어떤 사람들은 친척을 속이고 친구를 배신하며 자신의 이득을 위해 주저 없이 다른 사람들을 희생양으로 삼는다.

이렇게 사람과 사람 사이에 두터운 장벽이 생기게 되고, 이 장벽은 그 어떤 말도 모두 거짓으로 들리게 하고 무엇을 보아도 허위로 느껴지게 한다.

마음의 문을 활짝 열어라

낯선 사람에 대해서는 어느 정도의 경계가 필요하지만, 서로 잘 알고 있는 친구라면 될수록 의심하지 말고 경계심을 줄여야한다. 믿을 만한 친구를 의심하고 마음의 문을 열까 말까 망설이는 것은 현명한 태도가 아니다.

프랑스의 작가 브레이는 이렇게 말했다.

"진심은 언제든지 사람들을 감동시킬 수 있다. 일시적으로 상대가 이해하지 못한다 하더라도 시간이 흐르면 언젠가는 당신을 이해하게 될 것이다. 나는 평생 동안 첫째도 솔직함 둘째도 솔직함 셋째도 솔직함의 원칙을 고집해왔다. 말을 빙빙 돌리거나 할까 말까 망설인다면 오히려 상대의 의심을 사게 된다. 차라리 솔직하게 당신의 입장을 밝힌다면 상대는 그런 당신을 절대 해치지 않을 것이다."

당신이 진심을 보여주고 마음의 문을 활짝 연다면 둘 사이에는 든든한 마음의 다리가 놓이게 된다. 이 다리를 통해 상대의 마음의 문을 열 수 있으며 어깨를 나란히 하고 손을 잡고 일을 공모할 수 있다.

모든 사람의 마음속에는 숨기고자 하는 보수적인 욕망과 타인의 이해와 믿음을 얻고자 하는 표출의 욕구가 동시에 존재한다. 하지만 그러한 표출의 욕구는 오직 믿을 수 있는 사람에게만 속내를 털어놓고자 한다. 마음을 열고 진심으로 사람을 대하면 상대는 아낌없이 당신을 위해 모든 것을 줄 것이다. 이것이 바로 진심으로 바꿔

온 또 하나의 진심이다.

　진심으로 사람을 대하고 사심 없는 마음으로 자신의 마음을 털어놓으며, 상대의 단점과 잘못을 발견하거나 특히 그의 사업과 생활에 치명타를 가져올 수 있는 과오를 발견했을 때는 즉각 그리고 주저 없이 충고해야 한다. 충고를 좋아하는 사람은 없지만 당신이 진심을 보인다면 그 충고를 받아들일 것이고, 두 사람의 우정은 한층 더 깊어질 것이다.

대부분의 사람들은 너무 많이 믿어서 속는 경우보다
전혀 믿지 않아서 속는 경우가 더 많다.

신의를 지켜라

한 사람이 사회에 업적을 쌓기 위해서는 신의를 지키는 덕을 쌓아야 한다. 가식적인 말로 윗사람을 속이고 아랫사람들을 우롱하며 명예와 이익을 챙기는 사람들은 언젠가 사람들로부터 버림을 받는다. 신의를 지키는 것은 사회의 공중도덕이며 개개인에 대한 가장 기본적인 요구이다.

증자(曾子)는 신의를 잘 지키기로 유명했다.

한번은 증자의 아내가 시장에 가려고 하자 애가 울면서 따라가려고 했다. 아내는 아이를 달래려고 울지 말고 기다리면 시장에 다녀와서 돼지를 잡아 요리해주겠노라고 약속했다. 아내가 집에 돌아오자 증자는 돼지 잡을 준비를 하고 있었다. 아내가 급히 말리자 "당신이 아이를 속이면 다시는 당신 말을 믿지 않을 것이오"라고 말하면서 기어이 돼지를 잡고 말았다.

　신의가 부족한 사람은 아무리 청산유수로 말을 해도 사람들은 결국 그의 위선을 알아본다.

　댈러스의 찰리 시몬스는 백만장자이다. 외지로 나가 일하기 전까지 그는 돈 한 푼 없는 가난뱅이였다. 찰리는 매주 주말 은행에 가서 정기적금을 입금했는데 은행원은 그가 총명할 뿐만 아니라 돈의 가치에 대해서도 잘 알고 있음을 발견했다.

　찰리가 창업을 결심하고 사업을 시작했을 때 바로 그 은행원이 그에게 대출을 해주었다. 이는 찰리가 처음으로 다른 사람의 돈을 빌린 것이었다. 당시는 컴퓨터가 없어 대출 장부를 은행원이 직접 기입하였는데 실수로 찰리의 대출내역이 적힌 장부를 잃어버렸다. 찰리는 은행원이 대출관련 서류를 잃어버렸다는 것을 알았지만 은행에 대출금을 상환했다.

　찰리의 이러한 행동은 은행원들을 감동시켰고 그들의 믿음을 얻었다 .

　몇 년 후, 찰리는 그와 그의 두 동료가 공동으로 설립한 회사의 모든 주식을 사들였다. 매입자금은 바로 그 은행에서 대출받았다.

　찰리가 대출신청을 했을 때 댈러스은행은 그가 신용을 잘 지키는 사람이라는 것을 알기에 흔쾌히 대출을 승인했을 뿐만 아니라 대출한도도 제한하지 않았다. 시간이 흘러 40만 달러밖에 안 되는 자본금을 가진 그의 회사가 4,000만 달러의 매출을 올리며 크게 성장했다. 그 후 찰리는 또 다른 사람의 투자를 받아 호텔, 오피스, 제

조업 등으로 사업을 확장하였다.

사람들은 신용을 잘 지키고 고마움을 아는 사람에게 돈을 빌려주고자 한다. 신의가 없는 사람은 다른 사람의 돈을 빌리거나 상품을 구매하고도 제때에 돈을 갚으려 하지 않는다. 적극적인 사람은 현실을 직시할 용기가 있다. 갚을 능력이 안 된다면 용기를 내서 채권자에게 사실대로 설명하고 서로가 만족할 수 있는 새로운 대책을 마련해야 한다. 그리고 희생을 감수하더라도 채무를 모두 상환해야 한다.

성실하고 상식 있는 사람이라면 절대 신용을 쉽게 팔려고 하지 않는다. 성실하지만 상식이 결여된 사람은 쉽게 신의를 팔아 돈을 빌릴 것이다. 그리고 돈을 갚을 수 없게 되면 소극적으로 신의를 저버리고 빌린 돈을 그대로 방치해둔다. 하지만 그로 인한 근심과 공포 그리고 좌절감을 떨쳐버릴 수 없다. 속수무책으로 신의를 저버리게 된다면 그로 인한 악순환은 계속 반복될 것이다.

약속한 것은 무조건 지켜라

자신이 약속한 것에 대해서는 반드시 책임을 져야 한다. 어떤 약속을 하게 되면 상대는 자연스럽게 당신에게 희망을 걸게 된다. 하지만 당신에게는 그 약속을 지킬 생각이 없고 그냥 해본 말이라는 것을 상대방이 알게 되면 큰 배신감을 느끼게 될 것이다. 그러한 의미 없는 약속은 사람들에게 손해를 입히게 될 뿐만 아니라 자신의 명예를 훼손하는 짓이다.

다른 사람의 부탁을 받았다면 성심성의껏 최선을 다하되 자신의 능력 범위를 초월한 부탁이라면 무리하게 도와주려고 하지 말아야 한다. 자신의 능력 범위를 벗어나는 일을 쉽게 약속한다면 결국 약속을 지킬 수 없게 되어 오히려 믿음을 저버리게 된다.

이백(李白)은 《장간행(長幹行)》에 이렇게 썼다.

"기둥을 안은 굳은 신념을 가졌는데 굳이 망부대에 올라갈 필요가 있겠는가?(한 여인이 남편을 기다리기 위해 등대에 올라가서 서 있다가 돌이 되어 버렸는데 그 등대를 망부대라 불렀다. 즉 남편이 돌아올 것이라는 확고한 믿음이 있다면 굳이 등대에 올라 그런 변을 당할 필요가 없었음을 말한다.)"

여기서 '기둥을 안은 신념'이라 함은 다음 이야기에서 비롯되었다.

미생(尾生)이라는 남자와 한 여자가 다리에서 만나기로 약속했는데 여자가 도착하기도 전에 강물이 불어 다리를 덮었다. 하지만 미생은 약속을 지키기 위해 가지 않고 기다렸는데 여자는 결국 오지 않았다. 미생은 다리기둥을 부여안고 끝까지 기다리다가 결국 물에 빠져 죽고 말았다. 너무 바보 같은 행동이지만 그의 이러한 정신은 후세의 칭송을 받았다.

신의를 지키는 것은 상대에 대한 존경심을 나타낼 뿐만 아니라 자신에 대한 존중이기도 한다. 신의를 저버리고서는 사람을 사귈수 없다. '작은 것을 지켜야 큰 것을 지킬 수 있다'는 말이 있다. 나라를 다스리는 일이나 집안을 다스리는 일이나 사업이나 모두 신의를 떠날 수 없다.

신의를 지키는 사람은 앞뒤가 일치하고 언행이 일치하며 겉과 속이 일치한다. 사람들은 언행을 통해 그 사람의 됨됨이를 판단하고 그와의 교제를 결정한다. 만약 신의를 지키지 않고 언행이 일치하지 않는다면 그의 행동방향을 판단할 수 없게 되고 그런 사람과는 정상적인 왕래를 할 수 없으며 그에게 인간적인 매력을 느끼지 못한다. 신의는 사람의 믿음을 얻을 수 있는 첫 번째 방법이다. 그리고 믿음은 신의를 지키는 기초인 동시에 상대의 믿음을 얻는 또 하나의 방법이기도 한다.

다음은 《가르시아 장군에게 보내는 편지》에 얽힌 이야기이다.

이 편지는 1899년 처음 발표된 이래 세계 여러 나라에서 번역 출간되면서 알려졌다. 러일전쟁 당시, 러시아 병사들은 모두 이것을 몸에 지니고 있었는데, 일본은 러시아 포로들의 몸에서 발견한 이 편지를 중요한 문서로 생각해 번역했다고 한다. 내용을 확인한 일본은 천황의 명령 하에 모든 공무원과 군인들에게 이것을 몸에 지니도록 했다.

미국 스페인 전쟁이 일어나자, 미국은 쿠바 저항군의 가르시아 장군에게 연락을 취해야 했다. 하지만 가르시아 장군은 쿠바의 정글 속을 이리저리 옮겨 다녔기 때문에 아무도 그의 정확한 소재지를 알지 못했다. 당연히 그에게 편지를 전달할 수도 없었다. 하지만 미국의 매킨리 대통령은 반드시 그의 도움을 받아야 했기에 방법을 생각해내야 했다.

누군가 대통령에게 이렇게 말했다. "로완 중위라는 사람이 있는데 그는 가르시아를 찾아낼 수 있을 것입니다."

그리하여 로완 중위를 불러 가르시아 장군에게 편지를 전하는 임무를 맡겼다. 편지를 건네받은 로완 중위는 안주머니에 잘 넣은 뒤 배를 타고 떠났다. 나흘 째 되던 날 밤, 그는 쿠바의 정글 속으로 순식간에 사라졌다. 그리고 3주 뒤, 그는 천신만고 끝에 편지를 가르시아 장군에게 전해주고 섬의 반대 방향으로 빠져나왔다.

지금까지 1억 부가 넘게 팔린 《가르시아에게 보내는 편지》가 세상의 칭송을 받은 것은 편지를 전해준 로완 중위의 신의를 존경하기 때문이다.

소인배가 되지 마라

세상에는 군자가 있는가 하면 소인배도 있다. 소인배는 화를 불러오기 때문에 사람들은 '소인배를 멀리하라'고 충고해왔다. 신의를 지키지 않는 자들을 사람들은 소인배라고 칭한다. 아래 이야기가 그 뜻을 잘 말해준다.

전국시대, 한 사람이 있었다. 그는 연나라에서 태어났지만 줄곧 초나라에서 자라 한 번도 고향에 가본 적이 없었다. 낙엽은 떨어지면 뿌리를 찾는다고 했던가. 환갑이 되던 해, 그는 고향에 대한 그리움이 더욱 간절해져 많은 나이에도 불구하고 연나라로 돌아가기로 결심했다.

짐을 챙기고 길을 나선 지 얼마 되지 않아 누군가 그에게 인사를 건넸다. "어디 가시는 겁니까?" 연나라 사람은 "고향인 연나라로

가고 있다오. 수십 년 동안 한 번도 가보지 못했지"라고 대답했다. "아, 그러세요? 마침 저도 고향인 연나라로 돌아가는 길인데 같이 가는 것이 어떻습니까? 제가 길을 안내하겠습니다"라고 하였다. 연나라 사람은, 처음 가는 길인데 마침 잘 되었다고 생각하여 흔쾌히 승낙하였다.

이런저런 말을 주고받으면서 시간 가는 줄 모르고 걷다 보니 어느새 그들은 진나라와의 경계에 이르렀다. 이때 같이 가던 사람이 연나라 사람에게 농담을 해보기로 했다. 그는 앞의 진나라 성곽을 가리키며 "어르신, 곧 고향에 도착합니다. 앞에 보이는 것이 바로 연나라입니다"라고 했다. 그 말을 들은 연나라 사람은 타향에서 수십 년을 머물렀는데 드디어 오늘 고향을 찾아오게 되었구나 하는 생각에 가슴이 뭉클하였다. 그리고 말문을 잃고 눈물을 흘렸다.

좀 더 가자, 그는 길옆에 있는 사찰을 가리키면서 "이것이 바로 고향의 사찰이지요"라고 했다. 그 말에 연나라 사람은 '이제 고향의 사찰에 제를 올릴 수 있게 되었구나'하면서 또 눈물을 흘렸다.

얼마를 더 가자 이번에는 길옆의 집을 가리키면서 "저것이 바로 어르신 선조의 집입니다" 하였다. 이 말에 연나라 사람은 부모님과 조상들이 생활하던 모습을 상상하며 뜨거운 눈물을 흘렸다.

그는 연나라 사람이 자신의 거짓말에 계속 속는 것을 보니 재미있었다. 그는 계속 거짓말로 연나라 사람을 조롱했다. 이번에는 길가의 묘지를 가리키면서 "저기가 바로 당신 선조들의 묘지입니다"라고 했다. 이번에는 감정을 주체하지 못하고 큰소리를 내어 울었다.

그 모습을 보고나서야 그는 배를 끌어안고 웃으면서 말했다. "그만하세요. 더 울다간 몸이 상하겠어요. 제가 농담을 좀 해본 것입니다. 여기는 아직 진나라이고, 연나라에 도착하려면 아직도 몇 백리나 남았습니다. 만약 어르신이 여비를 모두 책임진다면 더 이상 놀리지 않겠습니다."

연나라 사람은 매우 불쾌했지만 자신이 고향에 대해 너무 몰라서 진나라를 연나라로 착각하고 다른 사람의 묘지를 조상의 묘지로 여긴 것을 생각하자 부끄럽기 그지없었다. 더 이상 이런 일을 당하지 않기 위해 그는 그의 요구를 들어주었다.

얼마 후, 그들은 드디어 연나라에 도착했다. 그런데 같이 가던 그 사람의 집에 변고가 생겨 재산은 한 푼도 남지 않았고 빚쟁이들만 모여 있었다.

연나라 사람은 도와줄까 잠깐 망설였지만, 오는 길에 그에게 속은 것이 괘씸해 도와주려던 마음을 접었다. 길을 안내했던 사람은 이렇게 신의를 잃은 소인배로 상대의 마음속에 낙인찍혔던 것이다. 그는 좋은 친구로 남을 수 있었던 사람을 잃었을 뿐만 아니라 도움을 받을 수 있는 기회마저 놓쳐버렸다.

13
관용

　'관용'은 관대한 마음으로 큰 것을 중시하고 사적인 손실을 잠시 따지지 않음을 말한다. 관용은 일종의 인내심이다. 한 걸음 물러나서 보면 천하는 더욱 넓어 보이기 마련이다. 관용은 일종의 망각이다. 세상 사람들의 자신에 대한 질책과 욕설을 잊는 데는 시간이 가장 좋은 약이다. 시선을 내일로 돌리고 먼 앞날을 바라보며 지난날을 잊는 법을 배워야만 인생에 햇볕이 스며든다. 관용은 용서이다. 사람들이 당신에게 상처를 주었다 하여 원한을 품는 것은 마음속에 암세포를 키우는 것과 같다. 조금만 이해하고 용서하려고 노력한다면 장벽은 녹아내릴 것이다. 관용은 또한 넓고 풍부하다. 경쟁자와 반대자에 대해 관대하게 물러나는 대범함을 보인다면 전쟁 뒤의 평화와 같은 희열을 맛볼 수 있다.

　인생에서 관용할 줄 아는 마음을 갖게 되면 훨씬 즐거운 삶을 살 수 있다. 관용은 투자하지 않고도 얻을 수 있는 가장 좋은 '정신적 보양식'이다.

대범하라

　공자는 "물이 너무 맑으면 고기가 없고, 사람이 너무 정직하면 친구가 없다"고 했다. 즉 물이 지나치게 맑으면 고기가 살 수 없고, 사람에 대한 요구가 지나치게 높으면 친구가 없다는 뜻이다. 다른 사람의 단점을 적당히 이해하고 관용할 줄 알아야 친구를 얻을 수 있다는 의미이다.

　어떤 일이 벌어졌을 때 화를 내는 것은 감정의 낭비일 뿐이다.

　옥에도 티가 있듯이 완벽한 사람은 없다. 우리는 다른 사람의 단점을 감싸줄 줄 아는 아량을 가져야 한다. 다른 사람을 용서하면 우리는 더욱 많은 것을 얻을 수 있다. '장왕의 이야기'는 바로 이러한 도리를 말한 것이다.

　초나라 장왕이 어느 날 저녁 신하들에게 연회를 베풀고 있었다.

그런데 갑자기 한줄기 바람이 불더니 촛불을 꺼버렸다. 어두운 틈을 타 어떤 신하가 장왕의 비를 놀리려 했는데 화가 난 비는 그 자의 모자를 잡아챘다. 그리고 장왕에게 엄벌할 것을 부탁했다. 그러자 장왕은 비에게 이렇게 말했다. "오늘은 내가 손님을 청한 날이니 술에 취해 예의를 좀 지키지 않았다 해도 그것은 손님이 잘못이 아니지요"라고 했다. 그리고는 다시 촛불을 밝히기 전에 모든 신하들의 모자를 벗게 하여 누가 범인이지 알 수 없게 했다.

훗날 장왕의 비를 놀리다가 모자를 빼앗긴 그 장군은 진나라와의 전쟁에서 용맹하게 싸워 큰 공을 세웠다.

용서는 손해 보는 일이 아니다. 오히려 사람들의 존경과 신임을 얻게 되고 상대는 그런 당신을 위해 무엇이든 해줄 것이다. 이 좋은 일을 마다할 이유가 무엇이란 말인가?

미국 의회의 대변인이었던 샘 레버는 이렇게 말했다.

"만약 사람들과 화목하게 지내고 싶다면 우선 모든 사람들의 단점을 용서하라."

어느 날, 사람들이 윌리엄 매킨리 대통령의 사무실에 몰려와 항의를 하였다. 그들을 이끌고 온 사람은 한 의원이었는데 화가 단단히 나 입을 열자마자 그에게 욕설을 퍼부었다. 하지만 매킨리는 담담하게 듣기만 했다. 지금 어떤 변명을 하더라고 그의 감정을 더욱 격화시킬 뿐이라는 것을 잘 알고 있었다. 그는 한마디도 하지 않고 떠들도록 내버려 두며 분노가 가라앉기를 기다렸다. 그리고 그가 기진맥진해지자 매킨리는 온화한 말투로 이렇게 말했다.

"이제 기분이 좀 괜찮아졌습니까?"

순간 그 의원의 얼굴은 빨갛게 상기되었다. 그의 온화한 말투에 자신이 더 작아지는 것만 같았다. 그는 자신의 질책이 전혀 먹히지 않는다는 것을 깨달았고, 어쩌면 매킨리의 선택이 맞을지도 모른다는 생각까지 들었다.

매킨리는 의원에게 자신이 그런 결정을 하게 된 이유와 입장을 바꿀 수 없는 이유를 설명했다. 의원은 매킨리의 말에 완전히 공감하지는 않았지만 마음속으로는 이미 그의 말에 복종하고 있었다. 그 의원은 돌아가서 대통령과의 교섭 결과를 보고하며 이렇게 말했다.

"여러분, 대통령이 한 말을 모두 기억하지는 않지만, 분명한 것은 대통령의 주장이 확고하다는 것입니다."

매킨리 대통령은 남을 용서하는 아량으로 반대파들을 설복시켰던 것이다.

원한을 잊어라

    사람은 신이 아닌 만큼 원수를 사랑하는 것은 어려울지 모른다. 하지만 자신의 건강과 행복을 위해서 원수를 용서하고 원한을 잊는 것 또한 현명한 선택이다.

    "천대를 받았든 약탈을 당했든 잊으면 그만이다"라는 말이 있다.

    당신이 상대에게 원한의 마음을 갖는 것은 그에게 승리의 힘을 실어주는 꼴이다. 그것은 그들에게 당신의 수면과 위장과 혈압과 심지어 기분까지 좌우할 수 있는 기회를 주는 것이다. 증오는 상대의 털끝 하나도 상하게 할 수 없으며 오히려 자신의 생활이 지옥으로 변할 뿐이다. 셰익스피어는 이렇게 말했다.

    "원한의 불길은 자신을 불태워버릴 수 있다."

    상대에 대한 복수심이 자신을 다치게 해서야 되겠는가?《생활》이라는 잡지에 복수심이 어떻게 한사람의 건강을 해치는가 하는 글이 실린 적이 있다.

'고혈압 환자의 가장 두드러진 특징은 바로 쉽게 원한을 품는 것이며, 장기적은 분노는 만성심장질환을 야기한다.'

원한은 우리로 하여금 산해진미 앞에서도 입맛을 느끼지 못하게 한다. "사랑하는 마음으로 야채를 먹는 것이 분노를 안고 해삼을 먹는 것 보다 훨씬 영양가 높다"는 말을 잘 음미해 보라. 만약 당신이 그러한 원한으로 인해 모든 정력을 허비하여 기진맥진해졌다는 것을 상대가 알게 된다면 그는 아마도 아무런 힘도 들이지 않고 당신을 무너뜨린 것에 감격해마지 않을 것이다.

원수를 사랑할 수 없다 하여 자신마저 사랑하지 않아서는 곤란하다. 스스로를 사랑하여 상대가 내 마음을 흔들고 내 건강과 외모를 망가뜨리는 것을 막아야 한다. 많은 경우 증오를 잊게 되면 훨씬 좋은 결과를 가져올 수 있다.

레너드라는 젊은이가 있었는데, 직장을 구하는 문제로 조급해 하고 있었다. 그는 외국어에 능통해 무역회사의 사무직을 원했다. 그는 많은 회사들로부터 '지금은 전쟁으로 인해 직원을 채용할 수 없지만 이력서를 보관해 두겠습니다'라는 회신을 받았다. 그런데 그중 한 회사에서 이런 답장을 보내왔다.

'당신은 우리 회사에 대해 무지하기 그지없군요. 우리 회사는 사무직을 채용하지 않을 뿐만 아니라 채용한다 하더라도 당신 같은 사람은 필요 없습니다. 그리고 당신은 스위스어를 제대로 쓰지 못하는 것 같네요. 틀린 곳이 부지기수입니다.'

이 편지를 보는 순간 레너드는 너무 화가 치밀어 미칠 것만 같았다. 이 무례한 사람이 감히 자신의 스위스어 실력을 비난하다니! 사실 이 무례한 편지야말로 오류투성이였다.

레너드는 상대를 충분히 격분시킬 만한 편지를 써서 보내기로 했다. 하지만 잠시 후 그는 다시 생각했다.

'잠깐, 내가 어떻게 그의 말이 잘못이라는 것을 알지? 내가 스위스 어를 배웠지만 모국어가 아니니 어쩌면 자신도 모르는 착오를 범했을 수도 있지 않은가? 만약 그렇다면 나는 더 공부해야 하니 이 사람의 편지는 오히려 나에게 도움이 되고 있지 않은가? 물론 그의 편지가 선의가 아니라고는 하지만….'

레너드는 쓰고 있던 편지를 찢어버리고 다시 편지를 썼다.

"사무직 직원이 필요하지 않음에도 불구하고 번거롭게 편지까지 보내주신 것을 고맙게 생각합니다. 제가 귀사를 정확하기 이해하지 못한 점에 대해 사과드립니다. 제가 귀사에 이력서를 보낸 것은 귀사가 이 업계에서 가장 유명하다고 들었기 때문입니다. 이력서의 어떤 문법적 착오가 있었는지 알 수 없어서 죄송할 뿐입니다. 앞으로 더욱 열심히 스위스어를 배워 틀린 문장이 없도록 하겠습니다. 다시 한 번 저의 잘못을 지적해준 데 대해 감사를 드립니다."

며칠 후, 레너드는 회사로부터 면접통지를 받았다. 그리고 그는 그 회사의 직원이 되었다.

누구도 우리를 무작정 방해할 수는 없다. 우리가 그것을 허락하지 않는 이상 말이다. 우리는 모든 일을 기억에서 지워버릴 수 있는 능력이 있다. 원수를 기억에서 지워버린다면 그에게 당한 수모 또한 없어질 것이다.

　제1차 세계대전 당시, 미시시피 주에서 다음과 같은 소문이 돌았다. 독일이 흑인들의 반동을 부추긴다는 것이었다. 그리고 어떤 사람이 존스가 이런 운동을 선동한다고 고발하였다. 그는 존스가 교회 밖에서 외치는 소리를 들었던 것이다.

　"생명, 그것은 바로 하나의 전쟁이다. 흑인들은 무기를 들고 생존을 위해 분투해야 할 것이다."

　'전쟁', '무기'라는 말에 격분한 백인 청년들은 교회로 달려가 존스를 밧줄로 묶고는 그를 마른 나무더미 옆으로 데려가 태워버리고자 했다. 사람들은 "태워버려라, 그리고 말 많은 저자에게 마지막으로 유언이나 해보라고 해라"라고 외쳤다.

　존스는 목에 밧줄을 두른 채 자신의 꿈에 대해 이야기했다. 부커 워싱턴 이야기에 감명받아 그는 가난한 동포형제들을 교육시키는 꿈을 갖게 되었다. 그리하여 그는 남쪽의 가장 가난한 지역, 즉 미시시피 주의 편벽한 지역을 찾아와 손목시계를 판 돈 165달러로 학교를 건설하기 시작했다.

　존스는 그를 죽이려는 분노한 사람들에게 자신의 분투해온 힘겨운 여정과 어린이들을 교육시켜 그들이 농사짓고 공장에서 일하고 요리할 수 있도록 한 과정을 이야기했다. 또한 학교를 세우는데 도움을 준 백인들의 이야기도 했다. 그들은 그에게 땅과 목재와 돼지와 소와 돈을 주어 그가 학교를 설립하고 교육사업을 할 수 있도록 도와주었다.

누군가가 존스에게 그를 죽이려는 백인들을 증오하느냐고 물었다.

"나는 지금 꿈을 실현하기에 급급해 누구를 증오할 시간 따위는 없을 뿐만 아니라 어느 누구도 나에게 저들을 미워하라고 강요할 수 없소."

존스의 감동적인 이야기에 난폭한 백인들의 분노가 점차 가라앉기 시작했다. 결국 남북전쟁에 참전한 적이 있는 나이 든 사람이 말했다.

"나는 이 젊은이의 말이 진실이라고 믿네. 그리고 이 사람이 방금 말한 사람들을 나도 잘 알고 있지. 좋은 일을 하고자 한 것인데 우리가 오해를 한 것 같으니 교수형에 처할 것이 아니라 도와주어야 할 것 같구먼."

그는 모자를 벗어 그를 죽이고자 했던 백인들로부터 52달러를 모금하여 존스에게 주었다.

철학자 에픽테토스는 "우리는 뿌린 만큼 얻으며, 운명은 우리가 저지른 죗값을 반드시 받아낸다. 장기적으로 봤을 때 사람은 자신이 저지른 잘못에 대한 대가를 치른다. 이를 깨달은 사람이라면 다른 사람에게 화를 내거나 욕하거나 싸우거나 탓하거나 증오하지 않을 것이다"라고 했다.

원수를 증오하기보다 그들을 동정하고 하느님이 그들과 같은 운명을 주지 않은 것에 감사하는 편이 훨씬 현명한 선택이다. 영원히 누군가에게 복수하려는 마음을 갖지 마라. 그로 인해 자신이 받게 될 상처는 다른 사람에게 받았던 상처보다 훨씬 더 크다.

용서로 질책을 대신하라

유명한 심리학자 스키너는 동물실험을 통해 다음과 같은 것을 증명해냈다. 상을 받은 경험이 있는 동물은 훈련 과정이 빠르고 인내력이 강하지만, 벌을 받은 경험이 있는 동물은 그 속도와 인내력이 훨씬 떨어진다는 것이다.

이 실험은 인간에게도 적용된다. 질책으로 상대를 변화시킬 수는 없다. 우리는 칭찬을 갈망하는 것만큼이나 비난을 두려워한다. 비난은 사기를 저하시키고 상황을 개선시키지 못한다.

링컨의 경우를 보자.

링컨은 사람들과의 관계를 원활하게 잘 처리하기로 유명했다. 하지만 젊은 시절의 링컨은 시비를 가리고 잘못을 지적하고 비평하기를 좋아했다. 그래서 종종 편지나 시의 형식을 빌어 다른 사람의 잘못을 풍자하곤 했다. 그리고 이렇게 쓴 편지를 일부러 그 사람이 지나다니는 길에 떨어뜨려 놓기도 했다. 링컨이 일리노이 주 스프링필드에서 견습 변호사로 일할 때까지도 이런 습관은 여전했다.

1842년 가을, 링컨은 당시 그 지역에서 가장 유명하고 오만한 정치인이었던 제임스 시어스를 비난하는 글을 익명으로 신문사에 투고하여 그를 완전히 웃음거리로 만들었다.

시어스는 크게 분노했고 결국 이 글을 쓴 사람이 링컨이라는 사실을 알아냈다. 시어스는 곧바로 말을 타고 링컨을 찾아가 결투를 신청했다. 링컨은 받아들일 수밖에 없는 상황이었다. 이들의 결투는 말을 타고 칼을 휘두르는 방식으로 결정되었고, 링컨은 웨스트포인트(미국 육군 사관학교) 출신의 지인에게 검술을 배우며 목숨을 건 결투를 준비했다. 다행히도 결투는 바로 직전에 제3자에 의해 저지되었다. 만약 결투가 중지되지 않았다면, 분명 둘 중 한 명은 치명적인 상처를 입는 최악의 상황이 벌어졌을 것이다.

이 일로 링컨은 큰 교훈을 얻었다. 다른 사람과 좋은 관계를 유지해야 하는 필요성을 배우게 된 것이다. 이후로 링컨은 두 번 다시 남을 비평하는 글을 쓰지 않았고, 멋대로 남을 비웃거나 잘못을 들춰내지 않았다. 자존심에 상처를 입은 사람이 얼마나 무섭게 변할 수 있는지 확실히 깨달았기 때문이다.

남북전쟁이 한창이던 어느 해, 링컨이 새로 임명한 장군이 연일 참패를 거듭하며 모두에게 실망을 안겨주었다. 국민의 절반 이상이 그를 능력 없는 장군이라고 욕했지만 링컨은 그에 대해 말을 아꼈다. 그는 단지 "다른 사람을 비난하지 않으면 남도 나를 비난하지 않는다"고 말했다. 주변 모든 사람들이 남부 사람들을 비난할 때에도 링컨은 이렇게 말할 뿐이었다. "그들을 비난해서는 안 됩니다. 만약 우리가 그들과 같은 상황이었다면 우리도 그들처럼 행동했을 것입니다."

1863년 7월 4일 저녁, 남군의 리 장군이 후퇴하기 시작했다. 그가 병사들을 이끌고 포토맥 강변에 도착했을 때는 빗물로 깊어진 강물이 앞을 막았고 뒤에서는 북군이 쫓아오는 진퇴양난의 상황에 빠져 그야말로 독 안에 든 쥐 신세였다. 만약 이들 남군의 병력을 철저하게 공격한다면 내전은 금방 끝낼 수 있었다. 이것은 하늘이 링컨에게 준 기회였다. 링컨은 즉시 마이드 장군에게 전보를 보내어 '긴급회의를 소집할 필요 없이 당장 공격할 것'을 명령했다. 동시에 특사를 보내어 마이드 장군이 속히 공격하도록 재촉했다.

하지만 마이드 장군은 링컨의 명령을 어기고 긴급회의를 소집하였고, 게다가 결정을 내리지 못하고 계속 뒤로 미루었다. 결국 강물이 다시 빠지면서 남군의 군대는 강을 건너 도망쳐버리고 말았다.

이 소식을 들은 링컨은 대노하였다. "이게 무슨 소리인가?" 그는 아들을 향해 소리쳤다. "하느님, 이게 도대체 무슨 일이란 말입니까? 손만 내밀면 닿을 곳에 있었는데, 우리가 손만 대도 그들은 달아날 수 없었을 텐데…. 내 명령이 장군들을 반발자국도 움직일 수 없단 말입니까? 이런 상황에서는 어린애라도 반란군을 전멸시킬 수 있었는데…. 나라도 그들의 무릎을 꿇릴 수 있었단 말입니다!"

극도의 불만을 감추지 못한 링컨은 마이드 장군에게 편지를 썼다.

"당신이 그들을 달아나게 방치해 얼마나 엄중한 결과를 빚었는지 모를 것이오. 이번에 그들을 잡았다면 전쟁은 끝났을 것이오. 지난주 장군이 그들을 격멸하지 못해 지금은 포토맥 이남으로 도망가버려 이제 전쟁은 무기한 연장될 것이오, 나는 장군이 현 국면을 돌려세울 수 있을 것이라고 믿지 못하겠소. 좋은 기회를 놓쳤으니 정말 비통함을 금할 수 없소."

편지를 다 쓴 링컨은 창밖을 내다보면서 생각했다. 내가 이렇게 서두를 필요가 있을까? 만약 내가 이 조용한 백악관에 앉아있는 것이 아니라, 전장의 마이드 장군처럼 매일 수많은 병사들이 피 흘리는 것을 보고, 수많은 병사들의 신음소리를 들었다면 급히 공격할 엄두를 내지 못했을 수도 있지 않을까? 만약 내 성격이 마이드 장군처럼 부드러웠다면 아마 그와 똑같은 선택을 했을 것이다. 이 편지를 보낸다면 잠시 통쾌함을 맛볼 수 있을 뿐 달라질 것은 아무것도 없다. 마이드 장군은 자신의 잘못을 변명할 것이고 오히려 나를 공격할 것이다. 이는 서로를 불쾌하게 할 뿐이고 심지어 그의 앞길을 위협하여 그가 군을 떠나게 될지도 모른다.

링컨은 마이드 장군을 질책할 자격이 충분히 있었다. 하지만 여기까지 생각한 그는 그렇게 하지 않았다. 그는 뼈아픈 교훈을 통해 비평과 질책으로는 아무것도 얻을 수 없다는 것을 잘 알고 있었기 때문이다.

그는 편지를 보내지 않고 영원히 가슴속에 묻어두었다. 만약 마이드 장군이 그의 편지를 읽었다면 어떤 생각을 하고 어떤 반응을 보였을까?

우리도 다른 사람을 질책하기에 앞서 한번쯤 자문해볼 필요가 있다. 아주 이기적인 입장에서 볼 때, 자신의 감정을 조절하고 자신의 잘못을 교정하는 것은 다른 사람을 교정하는 것보다 훨씬 쉽다. 질책은 매우 위험한 도화선이다. 그것은 자존심이라는 화약고를 순식간에 폭발시킬 수 있으며, 그 폭발로 인해 한 사람을 죽음으로 몰아넣을 수도 있다. 지혜롭지 못하고 이성적이지 못한 사람만이 다른 사람을 질책하고 불만을 털어놓는다.

토마스 클레어는 이런 말을 했다.

"위대한 사람은 사람을 대하는 태도에서부터 그 위대함을 알아볼 수 있다."

밥 후버는 유명한 비행기 조종사였다. 한번은 그가 샌디에이고에서 에어쇼를 마치고 LA로 돌아가고 있었다. 그런데 300피트 높이에서 엔진 두 개가 동시에 고장나버렸다. 다행히 침착하게 대처하여 무사히 착륙할 수 있었다. 아무도 다치거나 죽지는 않았지만 비행기는 폐물이 되어버렸다. 후버는 정신을 가다듬고 나서 연료탱크를 확인해 보았다. 제2차 세계대전 때 사용됐던 이 비행기의 연료탱크에는 제트기 연료 대신에 절대 금물인 휘발유가 들어 있었다. 공항에 돌아와 후버는 정비사를 찾아갔다. 자신의 실수를 자책하고 있던 그 정비사는 후버를 보자 눈물을 흘렸다. 그의 부주의로 귀한 비행기가 망가졌을 뿐만 아니라 하마터면 3명의 조종사들이 목숨을 잃을 뻔한 것이다. 당시 후버가 얼마나 분노했을지 상상할 수 있다. 그는 충분히 정비사에게 화를 낼 만했다. 하지만 후버는 그렇게 하지 않고 오히려 그의 어깨를 두드리면서 이렇게 말했다.

"나는 당신이 같은 실수를 하지 않을 것이라 믿습니다. 내일 내

F—51 정비를 당신에게 맡기겠습니다."

이 일로 후버는 충실한 친구 한 명을 얻었을 뿐만 아니라 비행기 정비에 한 치의 착오도 없는 완벽한 정비사를 얻게 되었다.

우리는 용서로 질책을 대신하는 법을 배워야 한다. 그것은 당신의 인간관계를 넓고 탄탄하게 해줄 것이다.

용서는 내면의 평화를 열어주는 열쇠다.

자신에게 관대하라

우리는 사람들에게 좀 더 관대해지고자 다짐하곤 한다. 하지만 스스로에게 관대할 줄 아는 것 또한 이에 못지않게 중요하다.

리이(麗)는 실연 후 칼로 자신의 손목을 베었는데 구사일생으로 목숨을 건진 그녀는 자신에게 물었다.

"내가 정말 그렇게 못났을까? 왜 사랑했던 남자마저 나한테 싫증을 느끼는 걸까?"

그녀는 남자친구와 2년간 사귀어왔다. 그녀의 남자친구는 완벽했다. 그런 그를 바라보는 그녀는 자신이 사랑을 구걸하는 미운 오리새끼 같다는 생각이 들었다. 그래서 그녀는 중독이라도 된 듯 미용실에 드나들었고 유행하는 패션은 무조건 사들였으며 끊임없이 남자친구에게 사랑을 확인하였다. 남자친구는 이런 그녀에게 싫증을 느끼기 시작했고 결국 헤어지자는 통보를 해왔다.

리이는 잘못한 것이 없었다. 사랑하는 사람을 위해 모든 것을 줄 수 있다는 것은 행복한 것이다. 하지만 그녀의 잘못은 사랑 속에서 자신을 잃어버렸다는 점이다. 생각해보라. 자신마저 맘에 들지 않는 모습을 다른 사람이 사랑해주기를 기대할 수 있겠는가?

수많은 인생이 한탄 속에서 빛을 잃어가며, 수많은 기회가 불만 속에서 우리의 곁을 스쳐 지나버리며, 수많은 열정이 시간 속에 조용히 사라지고 만다. 그리고 이러한 한탄과 불만은 우리 인생의 한 부분이 되어 떨쳐버릴 수도 밀어버릴 수도 없게 된다. 우리가 처한 환경이 매우 열악하더라도 진정으로 생명의 존엄과 귀중함을 깨닫고 존재의 가치를 알게 된다면 살아 있다는 자체의 아름다움을 느끼게 될 것이며, 그런 자신을 사랑하게 될 것이다.

치열한 경쟁 속에서 사람들은 걱정과 스트레스를 몸에 지닌채 살고 있다. 많은 일들이 생각대로 되지 않기 때문이다. 이럴 때는 모든 일에 지나치게 연연하지 말고 자신에게 좀 더 관대해져야 한다. 자신에게 관대하려면 자신의 힘으로 변화시킬 수 없는 것들에 대해서는 적당히 무시해버려야 한다. 우리는 자신을 즐겁게 해줄 수 있는 것들을 찾아내 그것을 통해 마음을 유쾌하게 만들고 주변의 사람들에게도 그러한 즐거움을 선사해야 한다.

자신에게 관대하려면 먼저 자신을 잘 알아야 한다. 자신의 장점과 부족한 점을 잘 판단하는 냉철한 현실주의자가 되어야 한다. 추구하고자 하는 목표와 꿈이 있겠지만 그러한 목표가 지나치게 허황

된 것이어서는 곤란하다.

자신에게 관대하려면 용기가 필요하다. 요구할 때는 요구하고 양보할 때는 양보하면서 거짓으로 꾸미거나 우유부단하지 않는 당당한 태도가 필요하다.

자신에게 관대하려면 자신을 좋아해야 한다. 완벽한 사람은 없다. 얻는 것이 있으면 잃는 것이 있듯 모든 것을 다 가질 수는 없다. 자신의 능력을 믿고 불행하다는 생각과 좌절에서 벗어나 자신감 있게 새로운 기회에 도전함으로써 생명이 선사한 즐거움을 만끽하라.

자신에게 관대하다는 것은 다른 사람을 무시하는 것이 아니다. 자신에게 관대하듯 다른 사람을 관대하게 대하고 그의 성과를 인정하며 소인배들에 대해서는 먼지를 대하듯 가볍게 털어내라.

자신에게 관대하기 위해서는 스스로 사랑하는 법을 배워야 한다. 사람이 즐거움을 잃게 되는 것은 다른 사람에 의해서가 아니라 대부분 자신이 그 길을 선택하기 때문이다.

사람들은 스스로를 괴롭히며 모든 일을 자신의 책임으로 돌린다. 그들도 인생에서 즐거움이 얼마나 중요한지 알고 있으며 자신을 좀 더 사랑해야 함을 알고 있다. 하지만 마법에라도 걸린 듯 이러한 생각과는 상반되게 행동한다.

어떤 사람은 한 마디 말을 잘못한 것을 후회하고 고통스러워하며, 어떤 사람들은 밤새는 것이 해롭다는 것을 알면서도 멈추려하지 않고 건강을 해치고 나서야 땅을 치며 후회한다. 어떤 사람은 과거에 연연해 하면 미래가 없다는 것을 알면서도 과거를 붙잡고 한 발짝도 움직이려 하지 않는다.

스스로를 사랑할 줄 모르는 사람이 그 누구를 사랑할 수 있단 말인가? 그리고 어떻게 다른 사람의 사랑을 기대할 수 있겠는가? 자신을 소중히 여기고 사랑하는 것은 자신에 대한 가장 기본적인 요구이며 책임이다.

14
성격

　다른 사람의 존경을 얻으려면 사람들이 나를 좋아할까 걱정하기에 앞서 먼저 사람들이 당신을 사랑할 수 있도록 해야 한다. 모든 일에 감정적인 사람이 있는데 그들은 주변 사람들에게 불쾌감을 준다.

좋은 성격을 길러라

　사랑을 받고 싶다면 우선 사랑받을 자격을 갖추어야 하고, 친구를 얻고 싶다면 우선 상대에게 우호적이어 하며, 관심을 얻으려면 우선 그들에게 관심을 가져야 한다. 칭찬과 존중을 받고자 하는 것은 인간의 본성이다. 그것은 사람으로 하여금 노력하고 분발하도록 채찍질 한다. 하지만 사람들은 그러한 명예를 누리고자 할 뿐 그것을 얻기 위한 노력은 게을리 한다.

　사람들이 무엇 때문에 당신을 좋아할까? 세상 그 어면 법도 누군가를 좋아해야 한다고 강요하지 않는다. 만약 당신이 다른 사람들에게 필요한 존재가 아니라면 그들은 당신에게 관심을 가질 필요도 의무도 없는 것이다.

　사람들의 관심을 불러일으킬 수 있는 가장 좋은 방법은 바로 결과에 연연하지 않고, 사람들이 과연 자신을 좋아할까 하는 것에 너무 얽매이지 않는 것이다.

월리엄 오슬러는 이렇게 말했다.

"희미한 미래를 위해 걱정하지 말고, 눈앞에 보이는 현실을 위해 노력하라."

위명한 작가 호머 크로이는 사람들의 많은 사랑을 받았다. 그를 만났던 사람들은 청소부든 백만장자든 부녀자든 어린이든 모두 만난 지 1분 안에 그에게 호감을 느꼈다고 한다. 그는 젊지도 잘생기지도 부자도 아니었다. 그렇다면 과연 그의 매력은 무엇일까? 간단했다. 그는 사람들을 대함에 있어서 거짓이 없었으며 자신을 지나치게 과장하지도 않았다. 다만 자신이 그들을 얼마나 좋아하고 많은 관심을 가지고 있는지 느끼도록 했던 것이다.

호머 크로이는 친구를 사귀지 못할까 사람들이 날 좋아할까 따위의 걱정을 하지 않았다. 이미 모든 사람들이 그의 친구였다. 이는 외교관 조지아 대사가 말한 것과 일치한다.

"성공적인 외교의 비밀은 한마디로 개괄할 수 있다. 즉 '나는 당신을 좋아하려 합니다'이다."

경험이 풍부한 세일즈맨이라면 알 것이다. 물건을 팔 수 있을까 하는 생각에서 벗어나지 못한다면 심적 부담으로 이어져 팔고자 하는 상품을 고객에게 완벽하게 소개할 수 없다. 훌륭한 세일즈맨은 상품판매가 이루어지는가에 관심을 두는 것이 아니라 고객을 위해 봉사하는 것에 집중한다. 생각해보라, 어느 누가 자신을 도우려는 사람을 마다하겠는가?

연설가 코비는 사람들과 잘 소통하려면 모든 주의력을 전달하고

자 하는 정보나 메시지에 집중하라고 말한다. 지나치게 결과에 연연하게 되면 긴장감이나 공포심 등의 부정적인 정서가 유발된다.

한번은 코비가 발표를 앞두고 있었는데 소문에 의하면 참가자들이 아주 까다롭다는 것이었다. 이 때문에 그도 긴장할 수밖에 없었다.

"만약 청중들이 나를 좋아하지 않으면 어쩌지?"

그는 근심어린 목소리로 친구에게 말했다.

"글쎄. 그런데 그들이 왜 자네를 좋아해야 하지? 자네는 자네의 강연내용이 중요하다고 생각하나?"

"그럼, 내 강연은 아주 중요한 내용이야."

"그렇다면 청중들이 자네를 좋아하든 않든 그것은 별로 중요하지 않은 것 같군. 중요한 것은 자네가 전달하고자 하는 내용을 얼마나 완벽하게 말할 수 있는가 하는 것이네. 그렇게 된다면 사람들이 자네를 좋아하든 싫어하든 무슨 의미가 있겠는가? 자네는 이미 성공적으로 의무를 다했는데 말이야."

친구의 말은 연설에 대한 그의 생각을 완전히 바꾸어놓았다. 연설이란 사람들에게 메시지를 전달하는 것이지 자신의 매력을 사람들에게 보여주고자 하는 것이 아니라는 것을.

사랑을 받으려면 그럴만한 가치가 있도록 자신을 가꾸어야 한다. 우선 사랑을 받을 만한 자격과 품성을 키워야 진정으로 사람들의 사랑을 받을 수 있다.

감정적으로 대응하지 마라

나쁜 정서와 싸워 이길 수 있다는 것은 스스로 운명을 다스릴 수 있다는 것을 말한다. 만약 그런 감정이 자신의 모든 행동을 좌지우지 하고 있다면 스스로 노예가 되는 셈이다. 감정의 노예가 된다면 그 사람은 자유를 통째로 잃게 된다.

사람들은 노력을 통해 자신의 생활을 더욱 의미 있게 만들어가고자 하며, 미래와 꿈을 위해 분투한다. 하지만 현재의 일시적인 만족과 즐거움을 위해 미래에 발생하게 될 상황들을 전혀 고려하지 않아서는 곤란하다. 사람의 감정은 일시적인 만족을 충족시키려는 경향이 있다. 일시적인 욕구를 만족시켜주는 것들은 대부분 우리의 건강과 성공을 해치기 쉽다.

똑같은 노력을 하고도 어떤 사람은 성공하고 어떤 사람은 실패한다. 그들은 모두 성공의 방법에 대해 잘 알고 있다. 다만 성공한 사람들은 자신에 대한 조절능력이 있어 해야 할 일들을 하지만 실패한 사람들은 자신의 감정에 지나치게 관대하여 그러한 감정이 성공하고자 하는 의지를 무너뜨리도록 방치한다.

많은 사람들이 감정적이고 충동적으로 일을 처리한다. 예를 들면 다수가 나아가고 있는 방향에 대해 당신의 이성이 잘못된 방향임을 호소하고 있을 때, 당신의 자아조절능력은 시련을 겪게 된다. 대세를 따를 때의 일시적 편안함에 대한 유혹을 뿌리치고 그러한 대세가 틀린 방향일 수도 있음을 자신에게 주지시켜야 한다. 여기까지 해냈다면 당신은 이미 훌륭한 단계에 와 있는 것이다. 절대 자신을 방치해두지 말고 잘못을 저지르려는 그 어떤 구실도 만들지 마라.

왕술(王述)은 동진(東晉)의 대신이었는데 성격이 급하기로 유명했다.

왕술은 계란절임을 무척 좋아 했다. 삶은 계란을 소금양념장에 절인 것인데 잘 익으면 냄새가 향긋하고 아주 맛있었다. 그날도 계란절임을 보는 순간 군침이 돌기 시작한 왕술은 젓가락으로 계란을 집으려 했다. 그런데 맨질맨질한 계란이 잘 집히지 않자 슬슬 화가 나기 시작했다. 몇 번을 시도하다 실패한 그는 버럭 화를 내며 계란을 접시채로 들어 바닥에 내동댕이쳤다. 계란이 데굴데굴 굴러서 사방으로 흩어지자 왕술은 노발대발하면서 급히 신발을 신고 내려가 바닥에서 구르는 계란을 주우려고 하는데 이번에는 계란이 의자 밑으로 들어가 버렸다.

"왜 이렇게 나를 괴롭히는 거야! 죽여 버릴 거야!"

화가 난 왕술은 의자 밑의 계란을 손으로 주어서 통째로 입에 넣고 잘기잘기 씹더니 다시 뱉어버렸다.

당시, 사혁(謝奕)이라는 사람이 또 있었다. 그는 조정의 대신이었던 사안(謝安)의 형이었다. 사혁은 성격이 난폭하고 무례했으나 동생인 사안 덕분에 큰 재주가 없음에도 불구하고 많은 실권을 장악하고 있었다. 어느 누구든 그를 잘못 건드리면 봉변을 면치 못했다.

한번은 왕술과 사혁이 조정의 연회에 참석하게 되었다. 그런데 둘 사이에 시비가 벌어졌는데 서로 자기의 주장을 고집하면서 한 치의 양보도 하지 않았다. 결국 다른 대신들이 말리고 나서야 둘은 각자 제자리로 돌아갔다. 자리로 돌아간 왕술은 금방 이 일을 잊고 놀고 마셨다. 하지만 쉽게 잊고 포기하는 성격이 아닌 사혁은 생각할수록 화가 치밀었다.

'죽일 놈의 왕술, 네가 감히 대신들 앞에서 나에게 맞서. 게다가 한 치도 양보하지 않아 내 체면을 이렇게 깎아내리다니….'

사혁은 집에 돌아와서도 왕술이 괘씸하여 잠이 오지 않았다. 이튿날 아침, 그는 아직 대문도 열기 전에 왕술을 찾아갔다. 그가 힘을 다해 대문을 두드리자 놀란 하인이 왕술에게 알렸다. 그는 급히 옷을 걸치고 마중하려 했지만 사혁은 벌써 씩씩거리면서 방으로 쳐들어오고 있었다. 그리고 왕술을 보자마자 큰 소리로 욕설을 퍼붓기 시작했다.

"왕술 이 하늘 무서운 줄 모르는 놈아! 감히 대신들 앞에서 내 체면을 깎아! 그 많은 책을 읽어서 다 개 주었느냐."

왕술은 노발대발하는 사혁과 감히 눈도 마주칠 수 없었다. 연회 때는 술김에 건드렸지만, 그들 형제에게 잘못 보이면 그야말로 큰일이 아닐 수 없었다. 왕술은 그의 분이 풀릴 때까지 욕하도록 내버려두며 그 어떤 대꾸도 하지 않았다. 이렇게 반나절 동안이나 욕설을 퍼부은 사혁은 목이 다 쉬어서 더 이상 말을 할 수 없게 되자 데리고 온 하인을 시켜 계속 욕하게 했다. 하인도 지쳐서 더 이상 소리가 나지 않자 그때서야 돌아갔다. 왕술은 천천히 몸을 돌려 하인에게 "돌아갔느냐?" 하고 물었다. 갔다는 대답을 듣고서야 그는 몸을 일으켜 의자에 앉았다. 왕술은 비록 급한 성격의 소유자였지만 참을성 또한 대단했던 것이다.

왕술은 계란이야기로부터 알 수 있듯이 급한 성격의 소유자였지만 사혁이 아무리 욕설을 퍼부어도 이성을 잃지 않고 담담하게 받아들였다. 사실 도리는 간단하다. 계란을 상대로는 아무리 화를 내도 계란이 자신에게 복수를 할 리 없다. 하지만 사혁이 원한을 품는다면 그의 앞날은 힘들어진다.

아무리 급한 성격이라도 자신의 감정만은 다스릴 줄 알아야 한다. 화를 낼 것이 아니라 참는 법을 배워라. 그렇지 않으면 많은 사람들과 부딪치게 되고 그것은 장차 자신의 발전에 큰 걸림돌이 되어 돌아올 것이다.

성격의 씨앗을 뿌리면
운명의 열매가 열린다.

유머러스한 사람이 되어라

　유머는 한 사람의 능력이며 삶의 태도이다. 유머감각이 있고 없고가 우리가 먹고 입고 생활하는데 큰 영향을 미치지는 않는다. 어쩌면 삶에 있어서 일종의 장식품일 수도 있다. 하지만 뛰어난 유머감각은 사회생활에 있어서 좋은 윤활유 역할을 한다. 유머를 통해 마음의 평안을 찾을 수도, 충돌을 완화시킬 수도, 때로는 상대의 경계심과 적의를 풀어줄 수도 있다.

　사람들은 그런 그들을 좋아한다. 대문호인 괴테는 유머감각이 뛰어난 사람이었다.

　어느 날, 그가 공원에서 산책하고 있었다. 한 사람밖에 지나갈 수 없는 좁은 길에서 그는 자신의 작품에 대해 신랄하게 비평했던 평론가를 만났다. 그 평론가는 "나는 절대 바보에게 길을 양보하지 않을 것이오!"라고 소리쳤다. 그러자 괴테는 "마침 저는 그 반대랍니다" 하며 웃으면서 길을 양보했다.

유머를 통해 우리는 스스로를 즐겁게 하고 속세의 많은 번뇌에서 벗어나 활력을 되찾을 수 있다. 또한 사람들에게 좋은 인상을 주고 우정을 쌓을 수 있다.

유머는 웃음과 해학을 가진 상상이다.

어느 날, 유명한 시인 라울이 창작에 몰두하고 있는데 하인이 소포를 들고 들어왔다. 보낸 사람은 친구 마이클이었다. 라울은 창작으로 인해 피곤한데다 자신의 생각을 방해받자 기분이 상했다. 귀찮다는 듯 소포를 열자 안에는 포장지로 겹겹이 싸여 있었다. 그는 포장지를 벗기고 또 벗겨서 작은 쪽지 하나를 발견했다. 쪽지에는 짧은 한마디가 적혀 있었다.

'친구 라울에게, 나는 건강하고 유쾌하게 지내고 있다. 그래서 너에게 안부를 전하는 바이다. 마이클이.'

이 소포는 라울을 웃음 짓게 했고 쌓인 피로도 풀어주었다. 유쾌해진 그도 마이클에게 장난을 치기로 했다.

며칠 후, 마이클은 라울이 보낸 소포를 받았다. 그런데 소포가 너무 무거워 혼자서는 운반할 수 없어 짐꾼의 도움을 받아서야 겨우 집안으로 가져올 수 있었다. 소포에는 큰 돌덩이와 함께 이런 쪽지가 들어 있었다.

"사랑하는 마이클, 네가 매우 건강하고 유쾌하게 지낸다는 소식에 내 마음속의 돌덩이를 내려놓을 수 있게 되었다. 그 돌덩이를 보내니 너에 대한 나의 사랑하는 마음을 영원히 기념하기 바란다."

우호적인 유머는 사람과 사람 사이의 진심을 표현할 수 있으며 거리를 줄여주고 어색함을 없애준다.

불만을 유머러스하게 표현하는 것은 듣는 사람으로 하여금 쉽게 받아들일 수 있게 한다. 두 사람의 갈등이 매우 심해 일촉즉발의 위기라 하더라도 유머는 이러한 갈등에서 벗어날 수 있도록 도와준다.

영국의 문학가인 스티븐 베르나르가 길을 가다가 자전거에 부딪쳤는데 크게 다치지는 않고 잠깐 놀랐을 뿐이었다. 상대방은 급히 자전거에서 내려 그를 부축하면서 사과했다. 그러자 베르나르가 말했다.

"당신은 운도 없군요. 만약 내가 사고로 죽었다면 당신은 아주 유명해질 수 있었을 텐데 말이죠."

베르나르의 이 같은 농담은 우호적으로 상황을 종료할 수 있게 하였다. 그의 유머는 상대에게 깊은 인상을 주었을 뿐만 아니라 용서의 메시지를 보냈던 것이다.

유머를 통해 곤경과 고민에서 벗어날 수도 있다.

패러데이는 전자기학의 창시자이다. 그의 발명은 전기를 응용하는데 큰 공헌을 했다. 하지만 아직은 전등, 전화, 전동기 등의 발명과는 거리가 멀었다. 성급한 사람들은 전기의 이용가치에 의문을 품었다.

한번은 패러데이가 전기에 대한 강의를 끝내자 어떤 부인이 그를 비꼬았다.

"그런데 교수님께서 말씀하신 물건들은 언제쯤이면 사용이 가능할까요?"

그러자 패러데이는 이렇게 반문했다.

"부인, 갓 태어난 아기가 어떤 일을 할 수 있을까요?"

유머는 우회적인 방법으로 난감한 문제에 맞설 수 있게 한다. 패러데이가 정면으로 반발하며 부인의 물음에 답했다면 아마 그들의 이해를 받을 수 없었을 것이다. 그리고 그들의 소통과 교류는 중단되었을 것이다. 또한 그가 대답을 회피했다면 그의 이론은 영원히 사람들의 신임을 얻지 못했을 것이다. 하지만 그는 유머로써 상대를 설득시키고 상대가 관대하게 눈앞의 현실을 대할 수 있도록 하였던 것이다.

에디슨이 백열전구를 연구하고 있을 때, 어떤 사람이 그를 비웃었다.

"선생님, 이미 1,200번이나 실패했어요."

그러자 에디슨이 대답했다.

"내가 성공한 것은 1,200가지 재료가 모두 전구를 만들 수 없다는 것을 알아낸 것이지요."

에디슨의 대답은 이미 널리 알려져 있다. 에디슨은 웃음과 유머로 많은 고난들을 이겨냈고 실패로 인해 의기소침해지지 않도록 늘 자신을 격려했으며 세상 사람들의 비난과 조소 앞에서 절대 초조해하거나 고민하지 않았다.

유머는 급할 때 사람을 지혜롭게 만들고 갈등을 완화시켜 곤경에서 벗어나도록 도와준다. 유머감각이 있는 사람들은 유머로써 긴급 상황에 대처하는 경우가 많다.

어떤 신사가 식사를 주문했는데 국에 파리가 들어있는 것을 발견했다. 그는 웨이터를 불러서 이렇게 말했다.

"이 놈이 지금 제 국 속에서 무엇을 하고 있는 거죠?"

이러한 상황에서는 웨이터가 무슨 말을 하더라도 손님의 질책을 받을 수밖에 없다. 하지만 유머 한마디가 그를 이러한 곤경으로부터 구해주었다.

웨이터는 허리를 굽혀 살펴보더니 이렇게 대답했다.

"선생님, 수영을 하고 있는 것 같은데요."

옆 테이블에 사람들이 모두 배를 잡고 웃었다.

한 손님이 식당에서 자라튀김을 시켰다. 그런데 요리가 나오자 그는 자라의 다리가 하나 모자람을 발견하고 식당 주인을 불렀다. 주인은 미안해하면서 이렇게 사과했다.

"정말 죄송합니다. 자라는 잔인한 동물입니다. 아마 손님께서 시킨 자라는 동족들과의 싸움에서 다리 하나를 잃은 듯합니다."

그러자 손님이 말했다.

"그렇다면 싸워서 이긴 자라로 바꿔주시죠."

이렇게 주인과 손님은 자칫하면 분쟁으로 이어질 수 있던 상황을 유머로써 마무리했던 것이다. 물론 상대를 비웃거나 질책하지도 상대의 자존심을 건드리지도 않았다.

유머를 즐겨 사용하는 사람은 낙관적이고 활달한 성격의 소유자들이다. 그들은 고달픈 현실 앞에서 언제나 좋은 쪽으로 생각하곤 한다.

불평불만을 삼가라

주위를 돌아보면 항상 불평불만을 하는 사람들을 볼 수 있다. 자신이 살고 있는 집이 누추하다고 한탄하며, 좋은 부모를 만나지 못해서 원망스럽고, 하는 일이 힘들고 월급이 적으며, 능력이 출중하지만 알아주는 사람이 없어서 불만이다. 그렇다. 현실생활에는 불만스러운 것이 너무도 많다. 하지만 신이 우리에게 쓰레기를 선사했다 하더라도 우리는 그 쓰레기를 딛고 우뚝 설 수 있어야 한다.

그 어떤 인생도 완벽한 것은 없으며 한 사람을 만족시킬 수 없다. 때문에 불평불만이 전혀 없을 수는 없다. 다만, 하더라도 덜 불평하고 좀 더 적극적이고 진취적으로 살아야 한다. 만약 불평불만이 습관이 되어버린다면 그것은 돌을 들어 자기의 발등을 찧는 것과 같다. 반대로 적극적으로 노력하다보면 자유롭게 생활하는 것 자체가 행복임을 깨닫게 되고 더 이상 원망할 것도 없게 된다.

어느 가을 저녁, 빌은 발길이 닿는 대로 교외로 향하고 있었다.

그는 풍요로운 생활을 하고 있었지만 항상 '빈곤'을 느꼈다. 바쁜 직장생활이지만 공허함을 채울 수 없었고, 즐거움 속에서 방황하며, 희망 속에서 실망을 느끼며 만족을 느낄 수 없었다. 그리하여 시골에서 그러한 고민을 달래고자 했다. 시골은 한창 수확의 계절이어서 논에는 여기저기 볏단들이 쌓여 있었다. 땀을 훔치는 농부들의 얼굴에는 웃음이 가득했다.

빌은 냇가의 나무 밑에 앉았다. 그때 머리가 하얀 농부가 다가와서 말을 건넸다. 순박하고 우호적인 농부의 얘기를 듣고 있노라니 빌은 더욱 시골생활을 동경하게 되었다.

농부가 말했다.

"시골사람들이 즐겁게 살 수 있는 것은 우리가 시골생활에 적응되어 있고 또 그것을 좋아하기 때문이라네."

빌은 자신에게 물었다. 만약 내가 시골에서 산다면 이들처럼 적응할 수 있을까? 내가 과연 따가운 햇볕을 견딜 수 있을까? 도시의 현대화된 생활방식을 버릴 수 있을까? 손에 굳은살이 생기는 일들을 감당할 수 있을까?

농부는 또 말했다.

"나는 지금까지 내 생활을 불평해본 적이 없지. 내 손으로 재배한 채소와 과일을 먹으며 그것이 세상에서 제일 좋은 음식이라고 믿었네."

15
마음수련

좋은 품성을 갖췄느냐는 사람의 운명에 영향을 미친다. 품성은 사소한 것들로 구성된 특성이다.

《논어》에는 "상사가 올바르면 명령하지 않아도 부하가 따를 것이고, 올바르지 못하면 아무리 명령해도 따르지 않는다"라는 말이 있다. 품성이 바른 사람은 넓은 흉금을 가지고 있다. 이들은 양보할 줄 알고 너그러운 마음으로 사람을 대한다.

넓은 마음

　서로 다른 생활방식, 태도, 문화, 민족, 연령, 생김새를 인정하고 받아들여야 한다. 이것은 상대를 이해하는데 필요한 기본적인 태도이다. 사람들은 왜 자신과 다른 것을 용납하지 않는 걸까? 사람들이 서로를 필요로 하는 이유가 바로 이 차이점 때문이다. 세상의 모든 사람들이 똑같다면 인류문명은 나타나지도 않았을 것이다. 때문에 이러한 차이점이 시비의 원인이 되어서는 안 된다.

이해와 너그러움을 배워라
　다른 사람을 이해한다는 것은 태도이지 능력이 아니다. 사람은 다른 사람을 완전히 이해하지도 못하며 그들이 겪은 일들을 체험하지도 못한다. 때론 자신이 한 일조차 왜 그렇게 했는지 모를 때도 있다. 그런데 남이 어떻게 당신을 이해할 수 있겠는가? 우리들의 행위는 종종 충동적인 감정에 의해서 비롯되며 이성적이지 못하다. 그러한 감정적인 요소들은 가장 난해한 문제이기도 하다.

우리는 왜 기분이 좋은 것일까? 우리는 왜 기분이 울적한 것일까? 우리는 왜 사랑하는 사람에게 화를 내는 것일까? 우리는 왜 멍청한 짓을 하고 나서 늘 후회하는가? 난 왜 이렇게 했을까? 이러한 문제를 해석하기 위해서는 많은 요소들을 고려해야 한다.

예를 들면 감정, 개인의 의견, 태도, 경력, 습관 그리고 삶 속에서 발생한 에피소드 등 당신이 상대를 이해할 수 있는 근거자료가 된다. 우리가 기억해야 할 것은 상대가 어떻게 행동하든 그 행위에는 반드시 원인이 있다는 것이다. 이러한 마음으로 다른 사람의 마음을 이해하려 한다면 보다 쉽게 다가갈 수 있다.

성공한 기업가들은 부하직원의 장점에 대해서는 족집게처럼 집어내지만 그들의 결점은 그다지 의식하지 않는다. 부하에 대한 질책보다 격려가 더 많다.

사람들은 주변 사람이 과오를 범하지 않기를 기대한다. 자신의 직원이나 혹은 친구를 완벽하고 이상적인 존재로 여기는 것이다. 때문에 그들이 잘못이나 실수를 저지를 경우 마음속에서는 그들에 대한 이미지가 깨지고 만다. 그리하여 화를 내고 실망하여 상대의 입장을 고려하지 않고 무조건 트집을 잡기 시작한다. 이렇게 그들의 미래는 서서히 무너져간다.

다른 사람의 결함을 지적하는 것을 좋아하는 사람들이 있다. 그들은 다른 사람의 허물을 캐는 것을 낙으로 삼으면서 자기만족에 빠져있다. 하지만 그 대가는 아주 크다. 그러한 행동은 사람들의 너그러운 마음을 깡그리 말살해버리기 때문이다.

상대의 장점을 발견하기 위해 노력하라. 당신이 상대의 장점을 발견한다면 굳이 그 사람의 단점을 인내하기 위해 노력하지 않아도 이미 그를 너그럽게 받아들이고 있을 것이다. 너그러운 마음을 가진 사람은 행복할 수밖에 없다. 그런 마음으로 인해 늘 즐거울 것이고 보다 넓고 아름다운 인간관계를 맺을 수 있기 때문이다. 반대로 너그럽지 못한 사람은 늘 고통스러울 것이다. 속 좁은 마음가짐이 끊임없이 자신을 괴롭히기 때문이다.

누군가에게 화를 냈다면 당신은 이미 너그러운 마음을 잃은 것이다. 이때 당신의 혈액순환과 심장박동은 정상의 세 배가 된다. 생활이 순조로울 때는 낙천적이고 적극적이며 하루하루가 활력에 넘치지만 사람들과 갈등이 생기면 당신은 하루하루 지쳐간다.

너그러운 마음은 사업에도 유익하다

회사는 현대적인 관리예술이 필요하고 많은 우수한 인재가 필요하다. 너그러운 마음은 리더가 가져야 할 필수 소질 중 하나다.

사회심리학에서는 너그러움을 타인에게 책망하거나 처벌할 권리가 있지만 그러지 않는 일종의 도덕적 심리구조로 이해한다. 너그러움은 우선 부하에 대한 불만을 참고 용서하는 데서 표현된다. 갈등은 어디에나 존재한다. 당신의 리더십이 아무리 강하고 업적이 뛰어나다고 해도 반드시 미흡한 데가 있기 마련이다. 만약 당신이 성공을 꿈꾼다면 우선 비난받을 준비를 하라. 그렇지 않다면 당신은 진정한 리더가 될 수 없다.

긍정적인 면에서 볼 때 비난과 원망도 좋은 영향을 발휘할 수 있다. 부하들의 불만을 경청함으로써 자신의 결함을 발견하고 고쳐 이를 통해 보다 현명한 리더가 될 수 있다. '불만이 없으면 개선도 없다'는 것을 기억하라. 모두가 조용할 때는 당신의 리더십에 문제가 있다는 것을 의미한다.

리더의 너그러움은 부하의 결점과 과오에 대한 용서에서 비롯된다. 보통 재능이 출중한 사람일수록 결점 또한 뚜렷하다. 때문에 사람을 등용함에 있어서는 그 사람이 능력을 잘 발휘할 수 있도록 해야지 완벽함을 추구해서는 안 된다.

성공한 기업가들은 직원들의 결점과 과오를 용서할 뿐만 아니라 그들의 '합리적인 실패'를 오히려 격려한다. 심지어 '합리적인 실패'를 범하지 않는 직원은 선호하지 않는다. '합리적인 실패'란 시장을 개척하기 위해 과감히 위험을 감수할 줄 아는 직원이 업무수행과정에서 범하는 과오를 가리킨다. 법을 알면서도 위반하거나 무모한 행위로 인한 과오는 당연히 제외된다.

심지어 일부 성공한 기업가는 다음과 같이 말한다.

"만약 새로 고용한 직원이 일 년이 지나도록 한번도 합리적인 과오를 저지르지 않았다면 그 직원은 독창성과 경쟁력이 결핍된 사람으로 앞으로 어떤 성취도 없을 것이다."

모험을 두려워하는 경영자는 기회를 잡기보다 잃는 경우가 훨씬 많다. 위험이 클수록 희망도 크고 얻는 이윤도 큰 법이다. 이렇게 진취적이고 실패를 두려워하지 않는 행동을 옹호하는 것은 완벽함을 추구하는 우리들의 관습적인 사유와 상반된다. 우리들은 말로는

'실패는 성공의 어머니'라는 말을 인정하지만 실제로는 실패를 기피하고 잘못을 용납하는데 너그럽지 못하다. '합리적인 실패'를 지지하는 것은 기업관리에 아주 유익하다. 경영자들은 이 점을 명심하기 바란다.

합리적인 과오와 실수를 인정한다면 직원들은 상사의 대범함에 감동할 것이고 그의 리더십을 인정할 것이다. 또한 너그럽게 용서하는 분위기에서는 실패에도 그것을 숨기거나 변명하지 않고 잘못을 인정할 수 있기에 실패의 원인을 찾고 문제를 해결하는데 도움이 된다. 또한 과오와 실패를 직시하고 기꺼이 그 교훈을 받아들일 수 있게 한다. 하나의 실패에 대해 여러 사람들이 함께 진단함으로써 같은 실패를 반복하지 않을 수 있다.

우리가 잘못과 실패를 인정하지 않는다면 진실을 말하거나 용감하게 밀고 나가는 훌륭한 인재가 나올 수 없다. 이는 경영자에게 있어 아주 중요한 문제이다.

힐튼은 인재를 선발하고 활용하는 데 아주 탁월했다. 그는 발탁한 직원을 신임했으며 그들이 업무 범위 내에서 마음껏 재능을 발휘할 수 있도록 하였고, 대부분은 그의 기대에 부응했다. 만약 그들이 실수를 범하면 그는 조용히 자기의 사무실로 불러서 이렇게 격려했다.

"이런 실수쯤은 아무것도 아니네. 사업하는 사람들에게 이런 실수는 피할 수 없는 일이지."

그리고 나서 함께 실수의 원인을 분석하고 해결책을 찾았다. 힐

튼이 직원들의 실수에 대해 그토록 관대할 수 있었던 것은 회사의 고위급 특히 사장이나 이사회의 전략이 정확한 이상 직원들의 작은 과오는 회사 경영에 큰 영향이 주지 않는다는 것을 잘 알고 있었기 때문이다. 그런데도 무조건 질책만 한다면 오히려 그들의 적극성을 위축시켜 결국 회사의 뿌리를 흔들 수도 있다는 것을 꿰뚫고 있었던 것이다. 힐튼의 이러한 리더십은 모든 직원들이 즐거운 마음으로 책임감을 갖고 업무에 임할 수 있게 해 주었다. 이것이 바로 그가 성공한 비결이다.

행동만이 삶에 힘을 주고,
절제만이 삶에 매력을 준다.

선량한 마음

선량한 마음으로 사람을 대해야 한다. 선량한 사람의 가장 큰 장점은 다른 사람보다 좋은 일을 할 수 있는 기회를 더 많이 가질 수 있다는 것이다. 어떤 사람은 마치 굳게 결심이나 한 듯이 절대 호의를 베풀려 하지 않는다. 그것은 호의를 베푸는 것이 힘들어서가 아니라 그들의 성격과 심성이 비뚤어져 있기 때문이다. 그런 사람들은 어떤 일을 해도 원활하지 못하고 빗나가기 일쑤다.

선량한 마음이 있으면 사상도 순결하게 된다. 마음이 순수하면 간교하고 악한 일을 하지 않는다. 때문에 외부의 유혹에 끌리지도 않고 나쁜 사람과 결탁하는 것도 방지할 수 있다. 비록 주변에 범죄가 범람하고 수많은 함정이 도사리고 있다 해도 우리가 선량한 마음만 견지한다면 사악한 모든 것에 대항할 수 있다.

한 사람의 생존과 발전은 주위 사람들의 협력 없이는 불가능한 만큼 타인의 존재가치를 인정하고 선량한 마음으로 대해야 한다. 우리는 당장 실험해 볼 수 있다. 당신이 다가가서 쓰다듬어주고 온화하게 말을 걸면 개는 꼬리를 흔들 것이다. 당신이 원한다면 손과 얼굴을 혀로 핥으려 할 것이다. 하지만 꾸짖거나 때린다면 개는 움츠리거나 짖어대고 심지어 당신을 물려 할 것이다.

인간의 반응도 이와 똑같다. 동기가 무엇이든, 즉 선의에서 출발했든 아니든 상관없이 당신이 상대에게 베푼 그대로 자신에게 되돌아오게 되어있다.

도덕심

사람은 어떤 사물에 대한 열렬한 감정을 확고한 실천적 행위와 결합시켜 그것을 하나의 정신으로 승화시켜왔다. 여러 가지 도덕적 표준을 만들어내고 그것을 행위준칙으로 삼았다. 예를 들면 국가에 대한 충성심, 부모에 대한 효심, 선배에 대한 존경심, 친구에 대한 신의, 배움에 있어서의 근면, 업무에 대한 충실 등이다. 이러한 것은 우리들이 반드시 지켜야 할 도덕심의 구성요소들이다.

양심에 가책되는 일을 하지 마라

사람은 누구나 어떤 불리한 상황에서 벗어나기 위해 일시적으로 거짓말을 할 수 있다. 그러나 고의적으로 남을 기만하는 사람은 희망이 없는 사람이다. 그것은 자신의 존엄을 훼손하는 행위이다. 기만은 언젠가 드러나게 되어 있다.

미국 관광객이 태국의 방콕을 여행하다가 어떤 가게에서 아주 귀여운 기념품을 발견했다. 그는 기념품 세 개를 고른 후 값을 물었다. 판매원은 기념품 하나 당 100바트라고 하였다. 미국인은 80바트로 깎아달라며 입이 닳도록 흥정해 보았지만 판매원은 끝내 깎아주지 않았다.

판매원은 "100바트에 팔아야 주인으로부터 10바트를 받을 수 있습니다. 80바트에 팔면 한 푼도 못 받습니다"라고 말했다.

미국인은 고개를 갸우뚱하며 눈을 굴리더니 한 가지 방법을 제안했다.

"이렇게 합시다. 당신은 나에게 60바트에 하나씩 팔고, 나는 한 개에 20바트씩 당신 몫을 따로 지불하겠소. 그럼 당신은 주인이 주는 것보다 더 많은 돈을 벌수 있고 나는 싸게 살 수 있으니 둘 다 이익이지 않겠소?"

미국인은 판매원이 당연히 동의할 것이라고 믿었다. 그런데 그녀는 연신 고개를 저었다. 그러자 미국인이 한마디 보충했다.

"걱정 마시오. 주인은 절대 모를 테니까."

그러나 이 말을 들은 판매원은 더욱 머리를 흔들면서 "부처님이 압니다"라고 말했다. 미국인은 할 말을 잃고 말았다. 주인을 속일 수는 있지만 양심은 속일 수 없다는 판매원의 의지를 읽었기 때문이다.

어떤 일을 하던 양심을 거역하여 남과 자신을 속이지 말아야 한다. 남이 모르는 것을 이용하여 기만하는 것은 최대의 죄악이다. 사악한 사람들은 남이 모르는 것을 이용해서 나쁜 짓을 꾀한다. 천하의 나쁜 짓은 크게 두 가지로 나뉜다. 하나는 남이 모르는 것을 이용하여 기만하는 것이고, 다른 하나는 남이 알아도 두려워하지 않는 것이다. 전자는 그래도 아직 일말의 양심이 남아있다는 것을 말하지만 후자는 파렴치하다.

한나라 양진이 동래(東萊) 태수로 부임되어 내려가는 도중에 창읍(昌邑)이라는 곳에서 하룻밤을 묵게 되었다. 당시 창읍의 현령 왕밀(王密)은 양진의 추천을 받아 현령의 자리에 오른 사람이었다. 그날밤, 왕밀은 황금 10근을 갖고 양진을 찾아가 과거의 은혜에 보답하려 하였다. 양진이 받으려 하지 않자 왕밀은 "밤이라 아무도 모릅니다"라고 말했다. 그러자 양진은 "하늘이 알고 땅이 알고 당신이 알고 내가 아는데 왜 아무도 모른다고 하는가?"라고 했다.

사람은 행동하기에 앞서 우선 양심의 판단과 명령을 받는다. 그리고 행동하는 중에는 양심의 조절과 감독을 받으며 행동 후에는 결과에 대해 평가와 반성을 한다. 만족하거나 자책하거나 혹은 기쁘거나 창피한 것 등이다. 양심에 어긋나지 않게 일을 처리한다면 베개가 높아도 편히 잠을 잘 수 있다.(高枕無憂:고위직에 있어도 불안하지 않다는 뜻)

증국번의 가훈에는 이런 말이 있다.

"마음의 가책이 없으니 군주에게도 당당할 수 있으며 기분은 늘 유쾌하다. 이는 인간이 강해질 수 있는 가장 좋은 길이고 즐거움을 찾는 가장 좋은 처방이며 신변안전을 위한 가장 좋은 방패이다."

양심은 배를 불릴 수도 물건을 살 수도 없는 것이지만, 양심의 가책이 없다면 행복한 인생이 될 것이다.

겸손하라

요즘과 같은 사회에서 좋은 도덕성이 그에 상응하는 대가를 얻는다고 장담할 수는 없다. 그러나 진정 능력 있는 사람이 겸손하다는 것은 장담할 수 있다. 그들은 실력으로 승부하기를 원한다.

사람들이 당신에게 부여한 이미지는 당신이 요구하여 얻은 것보다 훨씬 값어치가 있다. 하지만 당신의 중요한 성과나 개성이 사람들의 인정을 받지 못하고 있다면 적당한 시기에 당신의 능력을 과시하여 사람들의 주의를 불러일으킬 수 있다.

쿨리지 대통령의 유명한 일화 두 개를 보자. 하나는 쿨리지의 겸손한 미덕에 대한 것이고, 다른 하나는 그러한 겸손과 모순되는 쿨리지의 성격에 대한 일화이다.

엠허스트 대학 졸업반 때의 일이다. 미국 역사학회에서 쿨리지에게 금메달을 수여하였다. 이는 많은 학생들이 동경하던 영예였지만 그는 누구에게도 이를 말하지 않았다. 심지어 그의 아버지도 모르고 있었다. 졸업 후, 그의 직장 상사이며 노탄포드 법관인 펠더가 우연히 〈스프링필드 공화잡지〉에서 이와 관련된 기사를 보았다. 그때는 이미 쿨리지가 금메달을 받은 지 6주나 지난 뒤였다. 이렇게 쿨리지는 평생 동안 버몬트 주에서 백악관에 이르기까지 겸손한 사람으로 유명했다.

두 번째 일화는 쿨리지의 다른 한 면을 보여준다. 그가 매사추세츠 주 의원 선거에 도전하였을 때의 일이다. 선거 전날 저녁, 그는 우연히 주 의회 의장석이 공석이라는 소식을 들었다. 쿨리지는 곧바로 자신의 작은 검은 가방을 들고 노탄포드 역으로 향했다. 이틀 후, 그가 보스턴에서 다시 돌아왔을 때 가방에는 대다수 의원들이 그를 의장으로 추대한다는 지지성명서가 가득하였다. 이렇게 쿨리지는 순조롭게 매사추세츠 주 의회 의장으로 당선되어 정계로의 첫 발자국을 내딛었다.

겸손으로 유명했던 사람이 결정적인 순간에는 쏜살 같이 달려가 자신의 몫을 챙긴 것이다. 이 이야기에서 우리는 모순처럼 보이는 한 쌍의 인격을 볼 수 있다. 즉 겸손함과 적극적으로 자신의 앞날을 위해 기회를 획득하는 재능이다. 물론 성공하려면 튼튼한 기초지식과 품성 그리고 실력을 빼놓을 수 없다. 하지만 반드시 알아야 할 것은 '이끼로 가득한 푸른 돌 옆에 피어난 한 송이의 스톡(stock)'은 사람들의 관심을 끌지 못한다는 사실이다.

실제로 많은 사람들에게서 이러한 모순을 찾아볼 수 있다. 사실

양자는 모순이 아니다. 다만 그들은 자신이 자긍심을 느끼고 있는 장점에 대해서 신속하게 행동을 취하는 것이다.

천박하고 안목이 짧은 사람들은 자신을 꾸미고 허풍떠는 것을 좋아한다. 그들은 항상 자신이 만들어낸 상상에 도취되어 그 지배를 받는다. 때문에 자신이 얼마나 많은 일을 했고 얼마나 박식한지 사람들이 알아 주지 않을까 누누이 강조한다. 하지만 그러한 행위 자체가 바로 천박함과 무지함을 나타내며 그들의 자랑은 오히려 역효과를 가져오곤 한다.

16
만족

"자신이 갖지 못한 것 때문에 속상해하지 않고, 자신이 가진 것에 대해 기뻐할 줄 아는 사람이 바로 지혜로운 사람이다."

자신이 갖지 못한 것에 대해 원망하거나 슬퍼하지 않고 갖고 있는 것에 대해 만족 할 줄 아는 것은 감사할 줄 아는 마음을 갖고 있기 때문이다. 가진 것을 감사하게 생각하고 가질 수 없는 것에 집착하지 않는 사람은 항상 즐겁다. 모든 일의 좋은 면을 생각하기 위해 노력하고 그것을 실천한다면 이는 천금보다 값진 보물이 될 것이다.

로마의 에피쿠르스는 이렇게 말했다.

"만족을 모르는 사람은 행복할 수 없다. 그가 세상의 지배자라 할지라도 마찬가지이다."

만족하라

세상이 불공평하다 원망하지 마라. 가진 것이 다른 사람보다 적다하여 상심하지 마라. 자신이 가진 것을 소중히 여겨라. 그에 만족하지 못한다면 당신은 지금 갖고 있는 것마저 잃게 될 것이다.

한 비행사가 혼자 태평양 상공에서 떠돌다가 20일만에야 육지로 돌아올 수 있었다. 그는 이번 위기를 통해 얻은 교훈은 무엇이었냐는 질문에 망설임 없이 대답했다.

"내가 얻은 가장 큰 교훈은 먹을 밥이 있고 마실 물이 있는 한 절대 생활을 원망해서는 안 된다는 것입니다."

낙관적인 사람은 그러한 것들을 염두에 두지 않는다. 즐거움이란 무엇인가? 즐거움은 바로 자신이 갖고 있는 것을 소중히 여기고 만족할 줄 아는 것이다.

어떤 사람이 피타쿠스에게 가장 이상적인 가정은 어떤 것이냐고 묻자 그는 "사치품이 없어도 필수품이 모자라지 않는 가정입니다." 라고 대답했다. 필수품을 소유하고 있는 것에 만족하고 사치품에 대한 욕심으로 마음 상하는 일이 없어야 한다. 욕심이 많은 사람은 생활에서 만족을 찾기 힘들고 만족이 없는 사람의 생활이 즐거울 리 없다.

질투하지 마라

아리스토텔레스가 학생들과 인생에 대해 토론하였다. 한 학생이 물었다.

"선생님, 질투심이 많은 사람은 왜 늘 울적한가요?"

"그들을 괴롭히는 것은 자신의 실패뿐만 아니라 상대의 성공도 고통이기 때문이다."

질투심을 품은 사람은 이중의 고통을 받는다. 속담 중에 "내가 하고 싶은 것을 다른 사람에게 하게 하라"는 말이 있다. 남의 성공을 질투할 것이 아니라 평온한 마음으로 그들의 성공을 인정하고 받아들여라. 그렇지 않으면 사람들이 성공의 희열을 맛보고 있을 때 당신은 더욱 기가 죽어 분노하게 되고 심지어 그들을 해치려는 나쁜 마음까지 품게 되어 결국 자신의 소중한 것들마저 잃게 된다.

모든 사람들은 성공의 욕망과 남을 이기고자 하는 충동을 갖고 있으며 이는 사회가 발전하는 동력이기도 하다. 그러나 사람에게는 수치심, 분노, 미움 등이 복잡하게 얽혀진 감정이 있는데 이것이 바로 질투이다. 자신의 능력은 생각하지 않고 괜히 다른 사람을 시기하고 질투하며 상대가 잘못되기를 바라는 것이다. 질투하는 자들에 대해 사람들이 취하는 가장 어리석은 반응은 똑같이 헐뜯는 것으로 반격하는 것이다. 이는 상대와 똑같이 무모한 인간이 되는 것이다.

바이런은 이런 말을 했다.

"나를 사랑하는 사람 앞에서는 탄식하지만 나를 미워하는 사람에게는 미소를 보낼 뿐이다."

이 '미소'의 의미는 그야말로 의미심장하다. 질투하는 사람에 대한 가장 좋은 보답은 바로 마음속으로 웃음을 짓는 것이다.

동시(東施)와 서시(西施)의 이야기는 웃음거리로 전해내려 오고 있다. 서시는 중국 역사상 사대 미인 중의 한 명이다. 그녀는 춘추시대 월나라의 절세미인이었는데, 걷는 모습이나 웃는 모습 등 그녀의 일거수일투족은 어느 하나 사람들의 사랑을 받지 않는 것이 없었다. 늘 엷은 화장에 소박한 옷차림을 한 서시의 미모에 사람들은 감탄을 쏟아냈다.

서시의 집은 서쪽에 있었다. 동쪽에 동시라는 여자가 살고 있었는데, 생김새가 흉했을 뿐만 아니라 소양까지 없었다. 그는 서시의 미모를 질투했는데, 사람들이 서시의 미모를 칭송할 때마다 속으로 '흥, 뭐가 그리 대단하단 말이야. 난 서시보다 더 예뻐질테야!' 하고 다짐했다. 그 후, 동시는 서시를 모방하기 시작했다. 서시와 같은 옷을 입고 같은 머리모양을 했다. 누구도 그녀를 칭찬해주지 않았지만 동시는 여전히 서시에게 불복하고 있었다.

어느 날, 동시가 장을 보러 갔다가 사람들이 모여 있어 가까이 가 보니 "정말 아름답구나" 하는 감탄소리가 여기저기서 들렸다. 사람들의 시선을 따라가 보니 서시가 지나가고 있었다.

사람들이 모여 있는 곳까지 온 서시는 인사를 했다. 이때 어떤 사람이 물었다.

"서시, 어디로 가는 길이오?"

"가슴앓이 병이 도져서 약을 사러 가는 길입니다."

서시는 이렇게 대답하며 이마를 약간 찌푸렸다. 가슴을 살짝 움켜쥐고 이마를 찌푸린 서시에게서 여성의 부드러움과 아름다움이 더욱 묻어났다. 그 모습에 동시도 그녀의 미모를 인정하지 않을 수 없었고 그 매력에 빠져 들어가고 있음을 느꼈다.

집에 돌아온 동시는 시장에서의 일을 떠올랐다. 사람들이 병에 걸려 가슴을 움켜쥐고 이마를 찌푸린 서시를 아름답다고 칭찬하는 것은 그녀의 그러한 동작이 예뻐서라고 생각했다. 그녀는 서시의 그 아픈 모습을 따라해 보기로 하였다. 그러면 사람들이 서시처럼 자신을 칭찬할 것이라고 믿었다.

이튿날, 동시는 정성껏 단장을 하고 다시 시장으로 나갔다. 그녀는 사람들 속으로 들어가 서시를 흉내 내어 이마를 찌푸리고 가슴을 움켜쥐며 왔다 갔다 했다. 자신의 아름다운 모습에 반할 사람들의 모습을 생각하며 그녀는 시장을 어슬렁거렸다. 하지만 그녀의 부자연스러운 꾸밈새가 원래 못난 얼굴을 더욱 밉게 하였고, 사람들은 아예 그녀를 피해버렸다.

　동시의 질투심이 사람들의 인정을 더욱 받을 수 없게 만든 것이다. 사람이라면 누구에게나 장점이 있다. 절대 질투심이 자신의 그러한 장점마저 가리게 해서는 안 된다. 모든 사람은 즐거운 인생을 누려야 한다. 그러기 위해서는 잠깐의 실패에 분노하지 말고 다른 사람의 성공을 질투하지 마라.

별을 따려고 손을 뻗는 사람은
자기 발밑의 꽃을 잊어버리곤 한다.

은혜에 감사하라

감사할 줄 아는 것은 일종의 처세인 동시에 생활의 지혜이기도
하다. 인생이 언제나 순조로울 수만은 없는 만큼 우리는 갖가지 실
패와 원하지 않는 일들을 받아들일 수밖에 없다.

영국작가 새커리는 "생활은 하나의 거울과 같아서 당신이 웃으
면 그도 웃고 당신이 울면 그도 운다"고 했다. 감사의 마음은 단순
한 심리적 위로나 현실에 대한 도피가 아니다. 감사의 마음은 삶을
노래하는 방법으로 인생에 대한 사랑과 희망에서 비롯된다. 우리가
가슴속에 감사하는 마음을 간직한다면 초조하고 불안한 감정을 가
라앉힐 수 있고 수많은 불만과 불행을 녹여버릴 수 있다.

감사하는 법을 배워라. 당신에게 상처를 주었던 사람들에게 감
사하라. 그들은 당신의 굳센 의지를 연마해 주었다. 당신을 기만한
사람들에게 감사하라. 그들은 당신의 견식을 넓혀주었다. 당신을

버린 사람들에게도 감사하라. 그들은 당신에게 자립을 가르쳐주었다. 당신을 무너뜨린 사람에게도 감사하라. 그들은 당신의 능력을 키워주었다. 당신을 질책한 사람에게 감사하라. 그들은 당신의 지혜를 키워주었다. 모든 사람들에게 감사하라.

루스벨트 대통령의 집에 도둑이 들어 많은 물건을 도난당한 적이 있었다. 친구가 이 소식을 듣고 편지를 써서 너무 개의치 말 것을 당부했다. 루스벨트는 친구에게 보내는 답장에 이렇게 썼다.

'친애하는 나의 친구, 위로편지 고맙네. 난 괜찮다네. 그리고 하느님께 감사하고 있네. 도적이 훔쳐간 것은 나의 물건들이지 나의 생명이 아니라는 것, 도적이 일부 물건만 가져갔지 전부를 가져가지 않았다는 것, 그리고 가장 큰 행운은 도적질을 그가 했지 내가 한 게 아니라는 것이네.'

도둑을 맞은 것은 누구에게나 재수 없고 화나고 불행한 일이다. 그러나 루스벨트는 거기에서도 감사할 수 있는 세 가지 이유를 찾아냈다.

프랑스의 어느 작은 도시에 한쪽 다리가 없는 퇴직군인이 지팡이를 짚고 힘겹게 걸어가고 있었다. 한 주민이 그를 보면서 "참 불쌍한 사람이군. 설마 하느님께 다리 하나를 더 달라고 기도하는 건 아니겠지?"라고 혼잣말로 중얼거렸는데 이 말을 퇴직 군인이 들었다. 그는 주민에게 "난 다리 하나를 더 달라고 기도하고 싶지 않소. 다만 다리 하나로 생활하는 법을 가르쳐주기를 기도하고 있을 뿐이오."

생활은 현실이다. 그 군인이 절망하지 않는 이유는 자신이 모든 것을 잃지 않았다는 것을 알기 때문이다. 어떤 경우에도 자신이 불행하다고 생각하지 마라. 행운과 불행은 우리들의 마음속에 존재할 뿐이다. 만약 당신이 소유하고 있는 것들이 당연하다고 생각한다면 그것들을 잃었을 때도 담담하게 받아들여라.

항상 불평불만을 늘어놓는 사람들이 있다.

"왜 하필 오늘 비가 오는 거야?"

"오늘은 재수 없는 날이야, 지갑에 자전거까지 잃어버리다니."

"휴, 주식이 또 떨어졌어."

이들은 세상의 즐거운 일, 기쁜 일은 영원히 한쪽에 밀어둔 채 항상 순조롭지 않은 일들만 입에 담는다. 그들에게는 시시각각 나쁜 일들이 일어난다. 그들은 스스로를 초조하게 만들 뿐만 아니라 다른 사람들까지 괴롭힌다. 사실 이들의 불평불만은 어떤 엄청난 것이 아니라 일상적으로 일어나는 자질구레한 것들이다. 현명한 사람들은 이러한 것들을 웃어 넘겨버린다. 세상에는 불가피한 것, 되돌릴 수 없는 것, 예측할 수 없는 것들이 아주 많다는 것을 알기 때문이다. 보완할 수 있는 것이라면 최선을 다하고 그렇지 않은 것은 받아들일 수밖에 없다. 가장 중요한 것은 지금 할 수 있는 일들을 착실히 해나가는 것이다.

모든 것이 당연하다고 생각하는 사람들이 있다. 그들의 마음속에는 감사하는 마음이 존재하지 않는다. 당연한 것을 왜 감사해야 하지? 그들은 당연히 그것들을 가질 권리가 있다고 생각한다. 바로 이러한 생각들이 인생의 즐거움을 빼앗는다.

또 어떤 사람은 "난 내 생활이 너무 싫어. 온통 싫은 것들뿐이야. 반드시 이 모든 것을 변화시키고 말겠어"라고 말한다. 하지만 변화시켜야 할 것은 감사할 줄 모르는 자신의 태도이다. 자신에게 주어진 것을 향유할 줄 모른다면 더 이상 새로운 것을 얻을 수 없다. 설령 자신이 원하는 것을 얻더라도 그들은 그것을 즐기는 법을 모른다.

17
가족

가정은 우리를 키워준 곳이다. 이곳은 행복한 생활의 기초이고, 우리가 지쳤을 때 편히 쉴 수 있는 공간이며, 또한 밖에서 받은 스트레스와 짐을 부담 없이 내려놓고 마음속에 숨겨두었던 감정의 보따리를 맘껏 풀어놓을 수 있는 곳이다. 이러한 가정에 대한 의무를 다하는 것은 인간으로서의 기본적인 자세이다.

효도하라

자고로 효도는 미덕이었다.

어떤 것이 부모에 대한 효도일까? 그것은 세 가지로 요약할 수 있는데, 바로 정에 어긋나지 않고 도리에 어긋나지 않고 법에 어긋나지 않는 것이다.

정에 어긋나지 않는다는 것은 효도를 행함에 있어서 반드시 사랑을 바탕으로 여기며, 부모가 관심과 정을 베풀 때는 기쁜 마음으로 받아들일 줄 알아야 한다는 뜻이다.

도리에 어긋나지 않는다는 것은 효도를 행함에 있어서는 현실에 부합되게 해야지 절대로 충동적으로 해서는 안 된다는 의미이다. 자신의 힘에 닿는 만큼 해야지 도를 넘어서거나 극단적인 방법을 택해서는 안 된다.

법에 어긋나지 않는 것은 효의 방법이 적절해야 함을 말하는 것이다. 효를 행함에 있어서는 자신의 뜻이 아니라 부모의 의사를 존중하고 그 취향에 맞춤으로써 그들이 진정으로 당신의 효심을 느낄 수 있도록 해야 한다. 방법이 틀리면 안 하느니만 못할 수도 있다.

민자건(閔子騫)은 주나라 사람이다. 어렸을 때 어머니가 돌아가시고 아버지는 후실을 맞았다. 민자건은 계모를 친어머니처럼 모셨지만 계모는 아들 둘을 낳자 점차 그를 미워하기 시작했다. 그녀는 남편에게 민자건을 헐뜯어 부자 사이를 이간질했다.

겨울이 되면 계모는 자신의 두 아들에게는 뽀송뽀송한 새 솜으로 옷을 만들어 주고 민자건에게는 오래된 누더기 솜으로 옷을 만들어주었다. 민자건은 항상 추워서 덜덜 떨었는데 그때마다 계모는 남편에게 이렇게 말했다. "자건은 추워서 떠는 게 아니에요. 저것 보세요. 저렇게 두터운 솜옷을 입었는데 추울 리 있겠어요. 어리광을 부리는 것이라고요."

하루는 아버지와 외출을 한 민자건이 마차를 몰고 있었다. 차가운 바람에 손이 얼어 말고삐를 제대로 움켜쥘 수 없어 결국 고삐를 떨어뜨려 하마터면 벼랑으로 추락할 뻔했다. 아버지는 대노하여 채찍을 들어 민자건을 호되게 때렸다. 그바람에 민자건의 옷이 찢어지면서 옷 속의 솜이 밖으로 나왔다. 그것을 본 아버지는 그제야 모든 것을 알게 되었다. 집에 돌아온 아버지는 계모에게 욕설을 퍼부으며 집에서 쫓아내려 하였다. 그녀는 아무런 말도 못하고 있었는데 이때 민자건이 울면서 무릎을 꿇고 아버지에게 빌었다.

"어머니가 계시면 한 자식만 추우면 되지만 어머니가 나가시면 세 자식이 외롭게 됩니다. 그러니 제발 쫓아내지 마세요."

계모가 남으면 나 하나만 전처의 아들이고 또 나 하나만 누더기 솜옷을 입으며 추우면 그만이지만 계모를 쫓아내고 새로운 계모를 들이게 되면 세 형제 모두 전처의 자식이 되니 세 명이 추위에 떨어야 한다는 의미였다.

계모는 민자건의 한마디에 감동을 받아 잘못을 뉘우치고 그를 친아들처럼 대했다고 한다.

중국의 개국공신으로 불리는 진의(陳毅) 또한 유명한 효자였다.

진의가 외교부장으로 있을 때, 어느 날 해외출장을 마치고 돌아온 그는 아내 장천과 함께 어머님을 뵈러 고향에 갔다. 어머니를 만난 그가 마치 어린애처럼 침대에 누워 있는 어머니 옆에 기대는 것이었다. 어머니는 급히 그를 일으켜 세우면서 침대가 지저분하니까 의자에 앉으라고 말했다.

"어서 저 의자에 앉거라. 옷에 먼지 묻을라."

그때 며느리 장천이 어머니의 다른 쪽에 앉아 어깨를 감싸 안았다. 진의가 어머니에게 말했다.

"저는 어머니의 아들이에요. 이 사람은 어머니의 며느리고요. 어머니가 주무시는 침대를 우리가 꺼릴 리가 있겠어요? 어릴 때는 매일 어머니 침대에서 잤잖아요."

침대에는 저녁에 갈아입은 속옷이 놓여 있었는데, 어머니는 그것을 침대 밑으로 숨기려 했다. 그러자 진의는 어머니의 손에서 속옷을 빼앗아 빨래를 했다. 얼룩져 있는 속옷을 보면서 어머니는

"애야, 그 더러운 것을 어찌 너더러 빨게 할 수 있겠느냐"하며 말렸다. 하지만 그는 "어머니, 어머님의 속옷인데 아들인 제가 빠는 것이 당연하죠"라고 말하며 빨래를 하기 시작했다.

이것이 바로 효도이다.

행복한 가정은 미리 누리는 천국이다.

부부란?

부부는 한마음으로 서로 도우면서 발전해 나가야한다. 마치 꽃과 잎처럼 말이다. 잎이 수분을 공급하지 않는다면 꽃은 피어날 수없다. 꽃은 찬란하고 아름답지만 잎은 평범하고 희생적이다. 부부로 말하자면 한 사람의 성공은 다른 한 쪽의 묵묵한 지지와 희생을바탕으로 한다. 성공한 남편을 내조한 아내든, 성공한 아내를 지지해준 남편이든 그들은 사랑하는 사람을 위해 희생할 줄 아는 사람이다.

세계 최고의 여성경영인 50인에 뽑힌 포드자동차의 부회장 앤스티븐스는 매일 4시 15분에 일어나 일과를 시작하는데 그의 남편빌은 그때부터 아침식사를 준비하기에 바쁘다. 6시 15분에 앤은 집을 나선다. 포드자동차 북아메리카사업부 담당자인 그녀는 29개

공장의 원가를 최대한 줄이면서 최고품질의 자동차를 생산해내야 하는 과업이 주어져 있다. 그녀가 이렇게 전쟁을 치르고 있을 때 빌은 집에서 가정주부로서 정원을 가꾸고 집안의 사소한 일들을 처리하며 앤이 퇴근하기를 기다린다. 빌은 음식 재주가 뛰어나지만 평일 저녁은 식구들이 먹을 만큼의 간단한 요리만 준비한다. 그는 수다를 좋아해 사람들과 교류하는 것을 즐기지만 저녁에는 앤이 잡지들을 보다가 잠들 수 있도록 조용히 지낸다.

사랑하는 사람을 위해 희생하고 용감하게 그의 '잎'이 되어주어라.

형제자매

옛말에 '범을 잡는 데는 친형제가 제일이다'라고 했다. 형제들은 급한 일이 있을 때 가장 먼저 달려올 수 있는 사람들이다. 또한 서로 가장 잘 알고 정이 깊기 때문에 쉽게 합심할 수 있다.

한 가정이 행복하기 위해서는 형제자매 간의 화목이 큰 역할을 한다. 형제자매가 서로 관심을 갖고 존중하며 갈등이 생겼을 때 서로 양보하는 가정에서는 행복을 느낀다. 하지만 형제자매들 간에도 갈등은 생기게 마련이다. 어떻게 형제자매들 사이에 서로 감정이 상하지 않도록 할 수 있을까? 여기에도 지혜가 필요하다.

그중 가장 중요한 것은 아래 세 가지이다.

사랑과 우의를 지켜야 한다
사회생활을 함에 있어서 다른 사람들과 서로 도우면서 화목하게 지내려면 우선 형제자매들과 화목해야 한다. 형으로서 우의를 지키지 않고 동생으로서 예의를 갖추지 않는 자가 어떻게 밖에서 어린 이들을 사랑하고 어른들을 공경하며 이웃과 가깝게 지내고 친구들과의 우의를 지킨단 말인가? 만약 형제자매 간의 사랑과 우의가 결여된다면 동생이 형의 말을 듣지 않고 형과 누나는 동생에게 무관심하게 된다.

서로 양보할 줄 알아야 한다

형제자매 간에는 이익을 다투지 말아야 한다. 어릴 때 사소한 것에도 한 치의 양보가 없는 형제자매들은 성인이 된 후에도 재산을 위해 법정에 서고 몹쓸 말과 행동으로 상처를 주는 경우가 많다. 형제자매들은 비록 같은 부모가 낳았지만 그들의 인생은 모두 다르다.

주버우루(朱柏廬)는 이렇게 말했다.

"형제자매에게는 많이 주고 적게 갖는 것을 원칙으로 해야 한다."

서로의 잘못을 지적하고 도덕과 학업을 갖추도록 격려해야 한다

형제자매들은 핏줄로 연결되어 있어 서로에 대한 영향이 매우 크다. 서로 상의하면 가장 좋은 방법을 찾아낼 수 있다. 하지만 서로를 나쁜 길로 이끌 수도 있다. 동생이 잘못을 하면 형이 지적하고 가르쳐야지 그것을 감춰주고 같이 행해서는 안 된다.

형제자매는 가정에서 담당하게 될 역할도 다르다. 예들 들면 만이의 역할에 따라 한 가정의 화목이 달라질 수 있다. 동생들은 부모보다는 나이가 비슷한 형이나 누나에게 고민을 털어놓거나 상의하기를 좋아한다. 이때 형이나 누나는 인내력을 갖고 성의 있게 그들의 고민을 해결해주어야 한다. 절대 귀찮아하거나 건성건성 대하는 인상을 주어서는 안 된다. 그러한 태도는 동생들에게 상처를 줄 수 있으며 이후 문제가 발생해도 다시는 찾지 않게 만들 수 있다. 또한 동생들이 잘못을 저질렀을 경우에도 절대 부모에게 고자질을 하여 동생들의 자존심을 건드리거나 반감을 쌓지 말아야 한다.

부모의 유산을 나눔에 있어서도 서로 양보하여 작은 것 때문에 수십 년 동안 쌓아온 형제간의 우의를 모두 무산시켜버리는 일이 없도록 해야 한다. 자신의 감정을 조절하여 기분 나쁜 일이 있더라도 상처가 되는 말을 해서는 안 된다. "악담으로 입은 상처는 유월에도 춥게 한다"란 말을 명심하라. 같은 뿌리를 타고 난 형제자매들의 깊은 정은 그 어떤 관계로도 대체할 수 없다. 일시적인 이익이나 감정 때문에 절대 그러한 정을 잊는 일이 없도록 하라.

18
도움

사람이 사회를 떠나서는 존재할 수 없듯이 인간관계는 서로 의존하는 관계이다.

손중산(孫中山)은 이렇게 말했다.

"사물은 서로 경쟁하는 것을 원칙으로 하며, 인간은 서로 돕는 것을 원칙으로 한다."

사람이 타인과 사회에 의존할 수밖에 없는 것은 자신의 욕망들을 스스로의 힘만으로는 만족시킬 수 없기 때문이다. 고통과 고난 또한 스스로의 힘만으로는 이겨낼 수 없다. 모든 사람이 서로 돕고 의지해야만 생존해 나갈 수 있다.

도움이란?

　다른 사람을 돕기 위해 꼭 거액의 돈이 필요한 것은 아니다. 배고픈 사람에게 빵 한 조각은 그 무엇보다 소중하다. 즉 구체적인 상황에 따라 상대의 가장 절박한 욕구를 만족시켜주어야 한다.

　실의에 빠진 사람에게 건네는 한마디의 위로, 넘어진 사람에게 가볍게 내민 손길, 낙심한 사람에게 보내는 믿음의 메시지를 얕보지 마라. 도움이 필요한 사람들에게 그것은 무엇보다 소중한 위안이 될 수 있다.

　송나라에 다른 사람을 돕기 좋아하는 범중엄(範仲淹)이라는 사람이 있었다.

　그는 저양(睢陽)에서 관원으로 있을 때도 많은 가난한 선비들을 도와주었는데, 어느 날 손씨 성을 가진 수재가 찾아와 뵙기를 청했다. 범중엄은 그에게 큰 관심을 보이면서 백 냥을 주었다. 그런데 그 이듬해 그가 또 찾아오자 다시 백 냥을 주면서 물었다.

"자네가 이렇게 먼 길을 다녀가는 이유가 도대체 무엇인가?"

그러자 그는 울먹이며 대답했다.

"늙은 어머니를 모시기 위해 이렇게 먼 길을 쫓아다니며 도움을 청할 수밖에 없습니다."

"내가 보기에 구걸만 하면서 사는 사람 같지는 않은데, 이렇게 돌아다니면 얼마나 벌 수 있나? 내 자네에게 매달 삼백 냥씩 주어 어머니 공양에 문제가 없도록 할 테니 대신 자네는 공부에 전념할 수 있겠나?"

손씨는 매우 기뻐하면서 절을 하였다. 손씨는 밤낮으로 열중하여 책을 보았다. 일 년 후, 범중엄이 다른 곳으로 발령되어 떠나자 손씨도 공부를 그만두고 돌아갔다.

10년 후, 범중엄은 태산 아래 손명복(孫明複)라는 사람이 있는데 수양이 깊어 많은 사람들의 칭송을 받고 있다는 소문을 듣는다. 범중엄은 선생을 집으로 모셨는데, 알고 보니 옛날 그 시골의 가난한 수재였다. 놀란 범중엄은 이렇게 말했다.

"가난은 참으로 무서운 것이구나. 그가 만약 의식주를 위해 늙을 때까지 여기저기 돌아다녔다면 어찌 빛을 볼 수 있었겠는가."

도움의 자세

　상대가 당신의 선의를 알지 못할까 걱정하지 마라. 양심에 따라 최선을 다하면 그것으로 충분하다. 상대가 당신의 호의를 저버릴까 근심하지 마라. 당신에게 남을 도와줄 시간이 있다는 것만으로도 충분하다. 누군가를 돕는다는 것은 당신이 얼마나 진심으로 관심을 갖고 도와주었는가에 그 의의가 있다.

　전국시대, 조나라에 조간자(趙簡子)라는 대신이 있었는데, 그에게는 각별히 애지중지하는 흰 노새 두 마리가 있었다. 어느 날 한 병사가 그를 찾아와 이렇게 말했다.

　"어르신, 제가 이상한 병에 걸려 곧 죽게 되었는데, 의사가 하는 말이 흰 노새의 간을 먹으면 낫는다고 합니다. 어르신께서 기르는 노새의 간을 주실 수 없겠습니까?"

조간자는 그 병사를 부축하여 일으키면서 말했다.

"도와주겠네. 짐승을 살리고자 사람을 죽게 놓아둘 수는 없지. 두 마리 짐승으로 사람의 생명을 살려낼 수 있다니 이 얼마나 다행스러운 일인가."

사람의 가치는 자신의 이익을 추구하는 것으로 실현되지 않는다. 때문에 사람은 사회에 대한 책임과 공헌으로써 자신의 가치를 실현해야 한다. 즐겁게 사는 사람들은 베풀 줄 아는 이들로 무엇인가를 차지하기 위해 전전긍긍하지 않는다. 그들은 세상을 위해 열심히 일하며 다른 사람들을 도우려는 선량한 마음이 있다. 그리고 그 과정에서 인생의 행복을 찾는다.

베푸는 사람은 언제나 즐거울 수밖에 없다. 당신이 원한다면 언제 어디서나 베풀 수 있다. 지혜로운 자는 지혜를 베풀고, 지혜가 없는 자는 힘을 베풀고, 힘이 없는 자는 재물을 베풀고, 재물이 없는 자는 기술을 베풀고, 기술이 없는 자는 말을 베풀고, 말이 없는 자는 미소를 베풀면 된다.

세상 사람들의 존경을 받는 테레사 수녀의 기일과 영국 왕비 다이애나의 기일은 비슷하다. 이 때문에 많은 사람들은 이 두 사람을 비교하곤 했다. 둘 다 사랑을 베푼 사람이지만 서로 다른 유형의 인물이었다. 다이애나는 눈부시게 아름다운 미인이었지만, 테레사는 작고 마른 평범한 외모에 오로지 아름다운 마음을 가졌을 뿐이었다. 다이애나는 위생과 안전성이 확보된 병원에서 에이즈에 걸린 사람들과 악수하고 기자들은 그 장면을 카메라에 담아 신문에 올렸다. 하지만 테레사는 더럽고 지저분한 거리에서 피부병환자, 전염병환자 심지어 곧 죽어가는 사람들을 품에 끌어안아 그들로 하여금 사랑을 느낄 수 있도록 했다.

사람들은 테레사 수녀의 위대함을 칭송하며, 그녀와 비교하면 자신이 얼마나 작은 존재인가를 느끼게 된다고 말한다. 그러나 테레사 수녀는 말했다.

"우리는 그 누구도 위대하지 않다. 누구든 위대한 사랑으로 모든 일들을 해낼 수 있다."

테레사 수녀는 세상을 놀랍게 할 만한 큰일을 한 적이 없다. 그녀가 한 것은 평범한 사람들이 얼마든지 할 수 있는 일들이다. 죽어가는 환자를 돌봐주고, 그를 위해 몸을 씻겨주고, 그들이 사람들로부터 구박당할 때 앞에 나서서 그들의 존엄을 지켜주는 일 등이다.

선한 마음은 그 어떤 힘보다 강하다. 모든 사람이 테레사 수녀처럼 될 수는 없지만 다른 사람을 도와주려는 선한 마음이 있다면 세상은 그 만큼 더 아름다워질 것이다.

삶은 마치 메아리와 같아서 우리가 말한 대로 돌아오고, 심은 대로 거두며, 주는 만큼 얻게 된다. 우정을 얻고 싶다면 우선 다른 사람의 친구가 되어야 하며, 마음은 마음으로, 정은 정으로 바꿔올 수밖에 없다. 이와 마찬가지로 다른 사람을 도와주면 그만큼의 존중과 보답을 받게 되어 있다. 물론 보답을 바라고 선행을 베푸는 것은 아니지만 도움을 받은 대부분의 사람들은 고마운 마음을 간직하고 당신의 선행을 기억한다. 그리고 때로는 다른 사람을 돕는 그 자체가 바로 자신을 돕는 것이기도 하다.

미국 남부의 한 작은 마을에서는 매년 호박대회가 열렸다. 대회가 열리면 매년 상을 타는 농부가 있었는데, 그는 상을 받은 그 호박의 씨를 항상 이웃들에게 나누어 주었다. 어떤 사람이 그의 행동을 선뜻 이해할 수 없어서 농부에게 물었다.

"그렇게 종자를 나누어주면 다른 사람들이 이듬해 당신보다 더 좋은 호박을 만들어낼 수도 있지 않습니까?"

그러자 농부가 말했다.

"호박씨를 나누어주는 것은 제 자신을 위한 일이기도 하지요."

그의 말은 이런 뜻이었다. 동네 사람들이 모두 좋은 호박씨를 심으면 꿀벌들이 다른 농장의 나쁜 호박 꽃가루를 농부의 호박에 옮기는 것을 막을 필요가 없으니 농부는 품종을 개량하는데 집중할 수 있다는 것이었다. 그렇지 않으면 농부는 많은 시간을 들여 꿀벌들이 다른 농장의 나쁜 호박 꽃가루를 옮겨오는 것을 막는데 써야 했다.

자신의 이익만 챙기면서 사람들과 등지고 고립된다면 성공은 그로부터 멀어진다. 자기 것이 아닌 것들, 갖지 말아야 할 것에 집착하면 더 많은 기회를 잃게 된다. 다른 사람을 도와주고 다른 사람의 편의를 생각해주기 위해 노력하다보면 자신 또한 더 많은 기회와 수확을 얻게 된다.

캘리포니아 주에는 홍삼나무 한 그루가 있는데 90미터의 높이를 자랑한다. 일반적으로 나무는 키가 클수록 뿌리도 깊은데 이 홍삼나무 뿌리는 얇은 흙 한 층으로 덮여져 있을 뿐이다.

이론적으로 땅 속 깊이 뿌리를 내리지 못한 식물은 바람만 불어도 뿌리 채 뽑힐 위험성이 있다. 특히 덩치가 큰 식물이라면 더욱 그렇다. 하지만 이 홍삼나무는 생존원리가 따로 있다. 홍삼나무는 대부분 숲을 이루고 자라는데 많은 나무뿌리들이 한데 엉켜서 하나의 사슬을 이룬다. 때문에 아무리 강한 바람이 불어도 수천 그루의 뿌리가 엉켜 그 면적이 수 헥타르에 이르는 이 뿌리사슬을 움직일 수가 없는 것이다. 바람이 그 숲을 통째로 날려버리지 않는 이상 이 홍삼나무는 절대 쓰러지지 않는다.

　　성공은 혼자의 힘으로 이룰 수 있는 것이 아니다. 많은 사람에게 도움을 베풀수록 자신의 성공 또한 그만큼 가까워진다는 것을 기억하라.

지은이 **조용숙**
북경중앙민족대학 졸업
한양대학교 국어국문학과 석사

본문그림 **이연재**
2008년 〈나,飛 날다展〉, 2009년 그룹전 〈그림꽃이 피었습니다〉 참여 작가
현재 프리랜스 일러스트레이터로서 왕성한 활동을 하고 있다.

지금까지의 나 앞으로의 나

개정판 1쇄 펴낸날 2012년 1월 20일

지은이 조용숙
펴낸이 은보람
펴낸곳 도서출판 달과소
출판등록 2010년 6월 21일 제2010-000054호
주소 우)140-902 서울시 용산구 후암동 403-15
전화 02-752-1895 | **팩시밀리** 02-752-1896
전자우편 book@dalgwaso.com
홈페이지 www.dalgwaso.com

본문디자인 고냥새 디자인
찍은곳 한빛인쇄

ISBN 978-89-91223-43-1 [03810]